KNAUR

Von S. K. Tremayne sind bei Knaur bereits erschienen:
Eisige Schwestern
Stiefkind
Mädchen aus dem Moor
Die Stimme

Über den Autor:
S. K. Tremayne wurde in Devon geboren und lebt heute in London. Sein ursprünglicher Beruf als Reisejournalist bringt es mit sich, dass er die Schauplätze seiner Romane bestens kennt. Ihm gefällt es dort, wo normale Orte plötzlich bedrohlich werden – und wo das Unheimliche ins Leben normaler Menschen tritt. Sein erster Thriller »Eisige Schwestern« wurde sofort zum Bestseller. Heute werden seine Bücher in dreißig Sprachen übersetzt.

S. K. TREMAYNE

Augen ohne Licht

THRILLER

Aus dem Englischen
von Susanne Wallbaum

KNAUR

Besuchen Sie uns im Internet:
www.knaur.de

Deutsche Erstausgabe Mai 2021
Knaur Taschenbuch

Ein Imprint der Verlagsgruppe
Droemer Knaur GmbH & Co. KG, München

Redaktion: Birgit Förster
Covergestaltung: ZERO Werbeagentur, München
Coverabbildung: Collage unter Verwendung von Motiven von shutterstock.com
Satz: Adobe InDesign im Verlag
Druck und Bindung: CPI books GmbH, Leck
ISBN 978-3-426-52766-5

2 4 5 3 1

1

Ich wache auf. In meinem Bett. Ich schaue mich um, aber ich sehe nichts. Gar nichts, nicht die kleinste Andeutung von Licht, durch die Vorhänge dringt nichts herein, unter der Tür schimmert nichts hervor, nicht der blasseste Schein aus dem Flur oder von irgendwo sonst im Haus. Es ist unglaublich, unfassbar dunkel. Und still.

Warum?

In unserem großen Schlafzimmer ist es immer eher still, eher dunkel. Ich mag es so, weil ich mich mit dem Schlafen schwertue und die kleinste Störung – Licht, ein Geräusch, eine Bewegung – mich zurückholen kann; dann liege ich qualvolle Stunden lang wach, schwitze, wälze mich hin und her, störe Jake und bin am nächsten Morgen so gerädert, dass ich an nichts anderes denken kann als den Schlaf, den ich nicht gekriegt habe. Deshalb habe ich Jake überredet, diese schweren dunkelblauen Vorhänge anzubringen, deshalb haben wir den Hochflorteppichboden, der verhindert, dass durch den Spalt unter der Tür Licht hereinfällt, deshalb habe ich darauf gepocht, dass wir uns das größtmögliche Bett kaufen – damit ich, ungestört, in Stille und Dunkelheit ruhig daliegen kann. Denn dann kann ich, wenn ich Glück habe, auch schlafen.

Manchmal macht Jake sich über mein Bedürfnis, die Welt auszusperren, lustig, behauptet, wir schliefen in einem Grab – *mir war nicht bewusst, dass ich eine ägyptische*

Mumie heirate –, aber er sträubt sich nicht dagegen, und zwar weil es ihm, so mein Verdacht, selbst sehr recht ist. Seine Arbeit im Krankenhaus ist anstrengend, er hat Stress und macht Überstunden bis zur Erschöpfung, da bietet unser schummriges, ruhiges eheliches Schlafzimmer eine echte Zuflucht.

Nur eine Störung ist mir immer willkommen: wenn meine Tochter Nancy hereinschneit. Wenn unser geliebtes einziges Kind, hellwach und strotzend vor Energie, mit der ganzen Lebendigkeit und überschäumenden Freude einer Siebenjährigen sonntags morgens zur Tür hereinstürmt, *Mami, Mami, Mami, komm und guck dir Mitzi an, er versucht, eine Fliege zu fangen*, wenn sie auf dem großen Bett herumhüpft wie auf einem Trampolin und versehentlich auf ihren Vater springt, dass er stöhnt und gleichzeitig lacht und schließlich aufsteht und Mitzi dem Hund zuschaut, der versucht, eine Fliege zu fangen, wenn ich noch einen Moment liegen bleibe und ans Aufstehen denke, wobei ich manchmal auch nur kurz aufspringe, alles wieder dunkel mache und mir noch zehn weitere kostbar-köstliche Minuten Sonntagsschlaf gönne, denn an allen anderen Tagen muss ich halb sieben aufstehen, Nancy etwas zu essen einpacken und ihr Sachen rauslegen, damit Jake sie zur Schule fahren kann, während ich in die Stadt radele und um acht die kleine Weinhandlung aufmache und mich um die Organisation kümmere, um Bestellungen und Lieferungen und Sonderangebote. Kleine unabhängige Weinhandlungen öffnen sich nämlich nicht von selbst, und ich habe zwar zwei Angestellte, einundzwanzig und vierundzwanzig Jahre alt, kann es mir aber nicht leisten, sie viele Stunden zu beschäftigen, denn für hohe Personalkosten machen wir nicht genug Umsatz.

Trotzdem habe ich Spaß daran, neue Weine zu entdecken, Verkostungen zu veranstalten, Liebhabern große, unbekannte Weine zu verkaufen: kanadischen Eiswein, mazedonische Rote, diesen großartigen Tokajer, den wir letztes Jahr hatten. Wie ein Nektar mit Schuss.

Und mir gefällt die Portion Unabhängigkeit, die der Laden mir gibt. Darauf habe ich von Anfang an bestanden, schon bei der Heirat, dass ich mich nicht komplett von meinem etwas dominanten Mann vereinnahmen lasse, dass ich mein eigenes Konto habe, dass ich meinen Mädchennamen behalte, eigenes Geld und ein eigenes Geschäft, dass ich ich selbst bleibe und mich nicht an einen anderen verliere. Nicht einfach geschluckt werde.

Warum ist es so dunkel?

Mein Blick geht zur Decke, die in dieser Düsternis kaum auszumachen ist. Grauschwarze Leere. Also bin ich zumindest nicht blind aufgewacht wie in einem Verstümmelungshorrorfilm. Etwas sehe ich ja. Trotzdem ist die Stille genauso erdrückend und befremdlich wie die Dunkelheit.

Jake muss früh aufgestanden sein. Warum? Es ist Sonntag.

Oder?

Ich will mein Telefon. Es liegt ausgeschaltet auf dem Nachttisch. Sehen kann ich es nicht, dafür ist es zu dunkel, aber ich weiß, dass es da ist, es ist immer da. Abend für Abend lege ich es gewissenhaft dahin, auf das kabellose Ladegerät.

Irgendwie bin ich kaputt, habe das Gefühl, mich nicht rühren zu können. Mein Körper ist bleischwer. Trotzdem rege ich mich nicht auf, ich kenne dieses Gefühl, es ist mir vertraut.

Valium, Zopiclon, Xanax. Unter meinem Bett ist ein ganzes Depot versteckt. Jake hat nette Arztfreunde, die sich meiner erbarmen.

Habe ich gestern Abend eine Schlaftablette genommen? Dass ich was getrunken habe, weiß ich. Eine verschwommene Erinnerung sagt mir, dass ich mit Jake getrunken habe, vielleicht gab es etwas zu feiern, oder ich wollte etwas vergessen, was war es noch mal? Die Erinnerung ist vage, aber das ist oft so, wenn ich Schlaftabletten genommen habe, es kann bis zu einer Stunde dauern, bis ich wieder klar bin, doch das nehme ich in Kauf, denn manchmal ist es selbst in unserem großen Schlafzimmer nicht still und dunkel genug, dann droht die altbekannte, ererbte Schlaflosigkeit mich bis zum Morgengrauen mit ihren Dornen und Stacheln zu foltern – und dann gebe ich mich hin und wieder geschlagen. Ich weiß, das sollte ich nicht, schon gar nicht nach Alkohol, aber ich tue es. Ich werfe die geliebte Pille ein.

Weiß steht für Val, Blau für Zop, Orange für Xan. Gelegentlich, in unregelmäßigen Abständen, kommt sogar Grün dran, Rohypnol. Ein hübscher kleiner Regenbogen, ordentlich verwahrt in einer Ledertasche unter dem Bett. Mein Mann hat es gern, wenn das Schlafzimmer aufgeräumt ist, und obwohl ich, genau wie Nancy, eher Messie bin, füge ich mich bereitwillig, denn es bedeutet, dass wir auch im Dunkeln alles finden, weil immer alles an seinem Platz ist.

Wie auch mein Handy.

Okay, es reicht, lange genug faul sinniert. Ich muss die Hand ausstrecken, mein Handy aktivieren, nachsehen, wie spät es ist, und dann aufstehen und Nancy Frühstück machen. Mitzi Wasser und Futter hinstellen. Den Tag beginnen.

Es sei denn, Jake hätte das alles schon gemacht und sie wären draußen, Vater und Tochter zusammen im Park, vielleicht mit Mitzi dem Hund? Das würde erklären, warum es so extrem still ist im Haus, warum nicht der kleinste Laut zu mir hereindringt. Jake muss mit den ohnehin dicken Vorhängen noch zusätzlich etwas angestellt haben, so vollständig, wie sie das Licht draußen halten. Sehr aufmerksam, mein Ehemann.

Ich gestatte mir ein ausgiebiges Gähnen und greife nach meinem Handy. Das geht blind, auch in totaler Finsternis, das Telefon liegt immer genau da, wo ich es haben will.

Ich strecke die Hand aus. Weiter. Meine Finger greifen in Luft.

Ins Nichts.

Ins Leere. Eine Schwärze, die vor meinen Augen verschwimmt.

Das Handy ist nicht da.

Ein Gefühl, als würde ich fallen. Ich lasse die Hand kreisen, bewege sie auf und ab, versuche, wie ein Pantomime, wenigstens den Nachttisch zu ertasten. Und jetzt ist mir, als stürzte ich ins Bodenlose, in endlose Tiefen. Nicht nur das Handy ist nicht da. *Auch der Nachttisch nicht.* Wo ist er hin? Warum hat Jake ihn entfernt, wie, wann, warum? Mitten in der Nacht?

Ich wäre doch aufgewacht, es hätte doch Geräusche verursacht.

Das ist mehr als unheimlich. Ich schwinge die Beine über die Bettkante – es ist so dunkel, dass ich selbst meinen Schlafanzug kaum erkennen kann. Gleich stelle ich die Füße auf den Boden. Gleich werde ich auf dem warmen weichen Teppich stehen, diesem luxuriösen, teuren Teppichboden, den wir haben verlegen lassen, weil er verhindert, dass durch den Spalt unter der Tür Licht hereinfällt, aber auch, weil ich einfach gern weichen Teppich unter den Zehen habe. Überall sonst in dem hübschen viktorianischen Haus haben wir glänzende Holzböden und türkische Teppiche. Es erfüllt mich mit Stolz, wie Jake und ich unser Zuhause hergerichtet haben, es ist nicht spektakulär, aber es ist unseres: einladend und sauber. Jake legt großen Wert auf Sauberkeit.

Meine Knie knicken ein, und ich sacke zurück aufs Bett.

Kein Teppich.

Der Boden ist weich, aber das ist kein Teppich. Es fühlt sich an wie Kunststoff, wie Vinyl.

Dieser Boden sendet Kälte aus, schmerzhaft wie Nadelstiche, als würde mir Eisregen den Rücken hinunterlaufen.

Dass Jake mein Handy genommen hat, kann ich glauben. Auch, dass er den Nachttisch weggeholt hat, das wäre denkbar. Den Teppichboden kann er nicht entfernt und komplett durch eine andere Oberfläche ersetzt haben. Oder? Das ist unmöglich. Also ist das hier vielleicht nicht mein Schlafzimmer. Vielleicht bin ich irgendwo anders aufgewacht. An einem Ort ohne jeden Laut, ohne Licht, einem Ort, an dem ich nichts erkenne, keine Chance habe, etwas zu sehen. Und ich weiß nicht, wie ich hierher geraten bin.

2

Panik naht, es ist schwer, sie abzuwehren. Kaskaden von Fragen jagen mir durch den Kopf, während ich mich auf dem Bett zusammenkauere, die Arme um die Knie schlinge und versuche, nicht vor und zurück zu schaukeln wie das Klischee von einer Geistesgestörten.

Ich bin gestern Abend in meinem eigenen Schlafzimmer ins Bett gegangen, das weiß ich genau. Ich war angetrunken, leicht benebelt, aber ich erinnere mich doch. Oder nicht? Jedenfalls war ich ziemlich hinüber.

Ein neuer, beunruhigender Gedanke taucht auf. Könnte es sein, ja, ist es überhaupt möglich, dass ich unter Drogen stand? Das würde erklären, warum ich so groggy bin. Diese Schwere, die mich dazu verleitet hat, lange Zeit einfach nur dazuliegen und in die rabenschwarze Dunkelheit zu starren. Sollte ich unter Drogen gestanden haben, wäre auch geklärt, warum meine Erinnerungen so vage sind. Ich sehe den gestrigen Abend, wenn es denn gestern war, wie durch eine mit Vaseline bestrichene Linse. Lachen mit Jake, ein paar Drinks, ein ernstes Gespräch – aber worum ging es? Bei diesem Gespräch? Schon ist das Guckfenster der Erinnerung wieder vernebelt. Aber ich muss es versuchen, muss den Schleier beseitigen, das Glas säubern, hindurchschauen. Was geht hier vor? Das kann nicht sein.

Aber es ist so.

Und Nancy?

Was ist meine letzte Erinnerung an Nancy?

Bohrende Angst, schmerzhaft bis ins Innerste. Wo ist meine kleine Tochter? Ist sie wach? Weiß sie, dass ihre Mutter weg ist, irgendwie woandershin gebracht ... Wohin?

Vielleicht bin ich auch freiwillig hierhergekommen – wo zum Henker *hier* auch ist – und habe es nur vergessen. Aber Nancy! Meine Süße.

Ich sehe sie vor mir, wie sie an einem Sonntagmorgen aufsteht, wie gewohnt zu uns ins Zimmer kommt und auf ein leeres Bett starrt, sehe, wie sie ein leeres Haus absucht und immer ängstlicher wird. Mama ist weg. *Maaamiii!*

Vielleicht ist Jake ja da und kann sie beruhigen. Aber warum sollte mein Mann da sein und ich nicht? Möglich, dass der, der mich geholt hat, auch Jake geholt hat. Einen Grund kann ich nicht finden, und trotzdem ist es so: Ich könnte überall sein, ich könnte drei Kilometer von unserem kleinen Haus entfernt sein. Genauso, stelle ich mir vor und erschauere, könnte ich dreitausend Kilometer weit weg sein. Ich habe nicht die leiseste Ahnung.

Und noch ein Gedanke kommt mir. Woher weiß ich, dass es Sonntagmorgen ist? Womöglich war das nicht die erste Nacht, die ich in diesem seltsamen dunklen und stillen Raum zugebracht habe, vielleicht liege ich schon seit Tagen hier, unter Drogen gesetzt, bewusstlos – was auch heißt, dass es jemanden gibt, der sich um mich kümmert. Ich kann zwar kaum glauben, dass ich schon eine ganze Nacht hier liege, geschweige denn, vierundzwanzig Stunden oder noch länger, aber wenn es doch so ist, hat jemand nach mir geschaut. Und mich sauber gehalten. Sicher, weiter als einen Meter kann ich nicht sehen, und ich höre kein einziges Geräusch, aber mein Geruchssinn ist intakt: Ich habe meinen Schlafanzug an, ich hebe den Arm an die Nase und schnuppere, und der Stoff riecht gewaschen. Mein gewohntes Waschpulver. Sauber. Jemand ist reingekommen und hat ...

Nein. Nein, nein, nein, nein. Das ist lächerlich! Ganz sicher liege ich in meinem Bett und war irgendwie durcheinander. Bin nur halb aufgewacht, habe mir was eingebildet, war kaputt, verkatert, verschlafen. Vielleicht hat Jake den Nachttisch weggeräumt und den Teppich aufgerollt. Das scheint kaum möglich, aber noch viel weniger möglich, unmöglicher als unmöglich erscheint mir, dass ich durch irgendeine Magie von einem Zimmer in einem Haus in ein anderes Zimmer an einem komplett anderen Ort gebracht worden bin.

Ich richte mich auf und rufe.

»Jake? Jake!?«

Nichts.

Ich versuche es noch mal.

»Jake. Jake, Jake, Jake! Nancy!«

Nichts.

Genau genommen schlimmer als nichts, weniger als nichts.

In unserem kleinen viktorianischen Haus mit seinen Holzböden und Fluren hallt es. Geräusche tragen. Mitzis fröhliches Bellen höre ich noch am anderen Ende des Hauses. Hier aber, in diesem Raum, erstirbt alles. Es ist, als würde jeder Laut, der mir über die Lippen kommt, sofort auf den unsichtbaren grauen Vinylboden fallen.

»Jake!«

Da. Schon wieder. Das Wort ist einfach zu Boden gefallen.

Einen letzten Versuch muss ich machen.

Gegenüber von dieser Seite des Bettes – etwa zwei Meter weit weg – befindet sich die Tür zu einem kleinen begehbaren Schrank. Er ist eingebaut, fester Bestandteil des Gemäuers, er kann nicht über Nacht entfernt worden sein wie ein Nachttisch oder ein Teppich; um diese Tür wegzunehmen, müsste man ganze Wände einreißen. Wenn die Tür da ist, bin ich in meinem herrlich abgedunkelten Zimmer und es ist irgendwas Verrücktes passiert, das sich aber erklären lässt. Ist die Tür nicht da, ist etwas mehr als Verrücktes passiert, dann bin ich, ohne es mitzubekommen, an einen anderen Ort verfrachtet worden.

Ich wappne mich und stehe auf, gehe durch die Schwärze über den seltsamen Vinylbelag auf die Wand zu, die doch da sein muss, und auf die Tür, die auch da sein muss. Als ich näher komme, gelingt es mir trotz der Finsternis, die Wand auszumachen, eine graue Fläche.

Keine Schranktür. Überhaupt nichts. Nur noch mehr Vinyl, an der Wand ebenso wie auf dem Boden. Das bedeutet, dass es wirklich passiert ist.

Kein Zweifel, ich bin in einem anderen Raum eingesperrt, einem Raum, den ich nicht kenne. Und zum ersten Mal kommt mir das Wort *Entführung* in den Sinn. Frauen, die in irgendwelchen Verliesen gefangen gehalten werden. Über Jahre.

Eine Träne rollt mir über die Wange.

3

Ich wische die Träne weg und ziehe mich auf das Bett zurück – wessen Bett? Setze mich und versuche, mich zu beruhigen. Mir ist etwas Unerklärliches zugestoßen, etwas Schlimmes, aber vielen Leuten stoßen schlimme Dinge zu, und sie überstehen es. Was wäre, sagen wir, schlimmer als der Krebs, der den Körper meines Vaters befallen und ihn binnen Wochen umgebracht hat? Ein paar unsichtbare Zellen, die sich ohne jeden Grund in seiner Leber, seinem Rückenmark, seinem Blut vervielfacht haben und ihn innerhalb von drei Monaten auf ein verängstigtes Skelett haben zusammenschrumpfen lassen.

Mein lieber Vater aber hat selbst während dieser traurigen, schlimmen, wahnsinnigen Leidenszeit immer die Ruhe bewahrt, war sanft und freundlich wie eh und je. Ich muss sein wie er.

Wieder auf dem Bett sitzend, bezwinge ich das nervöse Zittern und untersuche mich, soweit das in dieser Dunkelheit möglich ist, selbst. Wie geht es meinem Körper? Ich taste mich ab, Arme, Oberschenkel, Brüste, Knie, Waden. Scheint alles in Ordnung. Normal. Unberührt. Unversehrt. Aber dann – was ist das? Offenbar habe ich an beiden Armen Stellen, blaue Flecken vielleicht, auf jeden Fall weich – aber das kann alles Mögliche sein. Ich bin eine viel beschäftigte Mutter mit einem herausfordernden Job, ich habe ständig Schrammen und blaue Flecken, ich spiele gern mit Nancy Fangen, und oft purzeln wir dabei übereinander. Manchmal mischt Mitzi der Hund noch mit, dann sind wir ein wirres Dreierknäuel. Mami, Mitzi, Nancy.

Nancy!

Sofort packt es mich wieder. Ich muss aufstehen, zur Tür laufen – wo auch immer eine Tür ist, schließlich hat jeder Raum eine Tür –, nichts will ich mehr als diese Tür aufreißen, *Nancy, Nancy, Mami ist hier*. Nur dass ich nicht weiß, wo die Tür ist.

Wo ist die Tür?

Ruhig. Bleib ruhig. Such die Tür. *Es gibt eine*.

Wieder stelle ich die Füße auf den weichen Vinylboden, erhebe mich und strecke die Arme aus wie jemand mit verbundenen Augen bei einem Gesellschaftsspiel. Mir verbindet die Dunkelheit die Augen; ich bin die Dumme, und alle anderen lachen über mich. Ein grausamer Streich, und ich bin das Opfer. Ich muss Nancy suchen, ich muss hier raus und meine Tochter suchen.

Langsam, extrem langsam, tappe ich blind durch die Dunkelheit, darauf gefasst, über etwas zu stolpern oder mir irgendwo Arme oder Kopf zu stoßen. Noch ein Schritt. Noch einer. Der Kunststoff unter meinen Füßen ist weich, scheint gepolstert, so als sollte verhindert werden, dass man sich wehtut. Ich weiß nicht, ob ich das tröstlich finden soll oder eher noch verstörender. Bin ich in einer Gummizelle? So was kenne ich nur aus dem Fernsehen, aus Filmen über Verbrecher oder Irre, ich war mir nie sicher, ob es das wirklich gibt.

Aber das hier scheint genau so was zu sein, eine Gummizelle. Inzwischen bin ich zu einem anderen Abschnitt der Wand gelangt, links von da, wo die Schranktür sein müsste, und auch hier ist die Wand mit diesem gepolsterten Vinylzeug verkleidet.

Ich drücke das Gesicht gegen die Wand, um etwas zu sehen. In dem spärlichen Schimmer kommt sie mir grau vor oder beige, bei dieser Dunkelheit lässt sich unmöglich eine Farbe ausmachen. Alle Farbe ist aus der Welt verschwunden, ich stecke im ödesten aller eintönigen Gefängnisse. Hier, vor diesem Stück Wand, hängt allerdings ein schwacher Duft. Leicht süßlich. Apfel vielleicht. Oder Flieder. Ja, Flieder. So als sei vor mir jemand hier drin gewesen und hätte einen Hauch von Parfum zurückgelassen.

Ja. Eine Verbündete. Vielleicht ist hier eine Frau im Spiel? Wer? Ich habe keine Vorstellung, keine Möglichkeit, das, was ich nicht höre oder sehe, geschweige denn verstehe, zu erkennen. Vielmehr muss ich es Stück für Stück ergründen. Aber bevor ich das angehe, muss ich pinkeln.

Eigentlich ist es komisch. Seit ich aufgewacht bin, befinde ich mich in einem surrealen Albtraum, aber mein Körper verhält sich vollkommen normal: Ich habe Hunger und Durst, und vor allem muss ich pinkeln.

Dafür gibt es hier natürlich keine Möglichkeit. Wie es auch nichts zu trinken gibt. Gar nichts gibt es hier, kein Telefon, keinen Tisch, keinen Teppich, keinen Schrank, weder Tür noch Fenster, nur einen Raum, ein Bett und mich inmitten von Finsternis und Stille. Eine Frau Anfang dreißig, die keine Ahnung hat, warum sie hier ist, was als Nächstes passiert und wie sie hier rauskommt. Wenn ich denn rausgelassen werde.

Nein. Ich rede mir gut zu. Natürlich komme ich hier raus. Dafür muss ich erst einmal wissen, wo ich eingesperrt bin. Ich muss erkunden, welche Maße diese *Gummizelle* hat.

Langsam taste ich mich an der Wand entlang, immer das gleiche Vinyl, gleichbleibend weich, gleichbleibend gepolstert. Schließlich erreiche ich eine Ecke.

Eine Ecke!

Das ist ein Ergebnis! Langsam bekomme ich ein Gefühl für die Dimensionen des abgedunkelten Raums. Vom Bett bis zur nächsten Wand sind es ungefähr vier Meter. Diese Wand erstreckt sich etwa sieben Meter weit nach links – dort kommt eine Ecke, und die anschließende Wand verläuft erwartungsgemäß: Sie bildet mit der ersten einen rechten Winkel. Der Raum, meine Gefängniszelle, mein Gummigrab, ist, soweit ich es bislang beurteilen kann, quadratisch oder rechteckig.

Trotz der Dunkelheit habe ich mir von dem Ort, an den ich verbannt bin, mental eine Karte gemacht. Es muss eine Tür geben, und wenn ich die Wände eine nach der anderen untersuche, werde ich sie finden. Ich komme hier raus. Vielleicht ist das alles ein Versehen. Vielleicht bin ich in einem Krankenhaus? In dem von meinem Mann womöglich?

Ja, das muss es sein. Ich habe eine Wand gefunden, und ich habe eine Ecke gefunden, und schon ergibt das Ganze mehr Sinn. Es ist kein Unsinn. Ich glaube, insgeheim war meine größte Angst, meine schlimmste und unheimlichste Sorge, die Wand könnte überhaupt nicht enden, könnte immer weiter und weiter gehen und mir damit sagen, dass ich in einem unendlichen Raum gefangen bin, in etwas Unmöglichem, was wiederum heißen würde, dass ich verrückt werde, dass ich verrückt bin, dass das hier gar nicht passiert oder dass es passiert, ich es aber nicht verarbeiten kann, weil ich verrückt geworden bin.

Wer wird denn in eine Gummizelle gesteckt?

Verrückte.

Deshalb. Ich muss die Wände abgehen. Die Tür suchen, es gibt immer eine Tür, irgendeine Art von Tür, wie hätten sie mich sonst hier reingekriegt? Und dann gehe ich raus, und alles klärt sich auf.

Also. Ich taste mich weiter voran, folge der neuen Wand, langsam, Schritt für Schritt, im Dunkeln, höre mich atmen. Jedenfalls glaube ich, dass ich das bin. Plötzlich habe ich das komische Gefühl, dass ich jemand anderen atmen höre, schwer, mühsam. Da. Wo? Da! Oder ist das Musik? Ein Fitzelchen Mozart sogar, die berühmten Streicher, Sinfonie Nr. 40, das klingt wie Atmen. Ja, ich bin sicher. Ganz leise. Mozart. Da-da-da, da-da-da, da-da-*da-da*. Es ist so leise –

vielleicht bilde ich es mir nur ein? Wenn ich es mir aber nicht einbilde, wird es in diesen Raum geleitet. Wie? Ich sehe weder Lautsprecher noch eine andere Möglichkeit, Geräusche hier hereinzubringen. Nicht verwunderlich, denn außer dem traurigen Grau der Vinylwände sehe ich sowieso nichts, und auch das sehe ich nur, wenn ich supernah herangehe und mich sehr anstrenge. Und wenn ich sie mir dicht vor die Augen halte, sehe ich meine Hände. Ansonsten erstreckt sich um mich herum schwarzes Nichts. Die Musik ist verklungen. Statt ihrer nehme ich etwas anderes wahr.

Ein verschwommenes Bild. Eine Bewegung. Sehe ich, wie sich da drüben, am anderen Ende des Raums, etwas bewegt?

Nein. Ich warte. Da ist nichts. Flecken vor den Augen. Ich konzentriere mich wieder auf die Stille, die totale Stille, nur meine Lunge ist zu hören, wie sie Luft pumpt, diese warme, abgestandene, alles andere als frische Luft. Und ich höre das leise Tapsen meiner armen nackten Füße, die die zweite Wand abschreiten, damit ich mein gespenstisches Gefängnis ausmessen kann.

Ich hätte nicht so viel trinken sollen, keine Schlaftablette nehmen. Langsam kommt mir eine Erinnerung an meinen Mann, wie er vor Wut schäumt, an sein Gesicht, rot vor Zorn.

Was? Nein. Daran will ich nicht denken.

Nancy, denke ich stattdessen, während ich ängstlich weitertapse, ständig in der Erwartung, auf irgendwas Unheimliches zu treten oder mir wehzutun, mit etwas in Berührung zu kommen, das ich nicht berühren möchte.

Nancy, Nancy, Nancy. Wie wir im Sommer ihren Geburtstag gefeiert haben und sie mit ihren Freunden im Garten herumgetobt ist, ihr helles Lachen, wie lauter kleine goldene Explosionen, so süß, so ein durch und durch liebes Geschöpf.

Nancy.

Haben sie dich auch geholt?

Mit der vorsichtigen Ruhe ist es vorbei, stattdessen packt mich wieder nackte Angst. Da ist diese ungute Erinnerung an Jake, an sein rotes Gesicht, sein Beben vor – was? Zorn? Was hatte ich getan? Was hat er mit mir gemacht?

Das halte ich nicht aus.

Diese Stille, ich muss sie durchbrechen.

Nach ein paar Metern die zweite Wand entlang hebe ich den Kopf und rufe in die Dunkelheit: »Schluss! Schluss damit! Lasst mich raus! Ich bin Mutter. Ich habe eine Tochter. Lasst mich raus!«

Ich bin laut, nicht so laut, wie ich sein könnte, aber mein Schreien inmitten der Stille ist trotzdem krass. Ein Gefühl, als hätte ich den ganzen Raum zum Beben gebracht. Als starrten die weichen Vinylwände und das zerwühlte Bett ängstlich in meine Richtung.

Und dann verklingt der Hilferuf, und die Stille ist wieder da, hüllt mich ein, ein schrecklicher Kokon. Niemand hat mich gehört, gar niemand. Und es kann mich auch niemand hören. Ich sitze in der Falle, ich weiß nicht, warum, und ich werde hier nicht rauskommen.

Doch dann höre ich es. Ein Wort. Ein so bedeutsames Wort, ein Wort, das man nicht falsch verstehen kann.

»Mami.«

Auf meinen Armen stellen sich sämtliche Härchen auf.

Das ist Nancy. Das war ihre Stimme. Aber sie klang anders. Leicht verfremdet, irgendwie elektronisch. Also gibt es hier doch einen Lautsprecher! Die Musik war keine Halluzination. Man kann mit mir kommunizieren, und das Ganze ist geplant – vielleicht. Und zwar denkbar absolut hinterhältig geplant.

»Mami!«

In die Schwärze hinein rufe ich zurück: »Nancy, wo bist du? Ich bin hier!«

Schweigen. Ein schwaches Knistern oder Rauschen. Ein Lautsprecher.

»Mami! Hilf mir! Wo bist du? Komm zurück und hol mich! Bring mich von hier weg! Ich habe Angst. Angst, Angst, Angst, Mami. Sie lassen mich nicht zu dir, sie haben mich geholt, was machen sie jetzt, bitte lass mich nicht allein, ich weiß nicht, was sie vorhaben. Ich weiß nicht, was los ist.«

Sie verstummt, und dann höre ich aus einem Lautsprecher irgendwo in der Ecke das ängstliche Weinen meiner Kleinen; es wird zu mir übertragen, hierher in mein dunkles, stilles, weiches, unheimliches neues Zuhause.

4

Am liebsten würde ich da hinauflangen und den verdammten Lautsprecher zertrümmern. Das kann ich nicht machen, er ist meine einzige Verbindung zur Welt. Wo ist er? Das grausame Schluchzen meiner Tochter verebbt, stattdessen erklingen, begleitet von elektronischem Knacken, beruhigende Laute, *pst, pst, sch-sch,* Schlucken.

Das Geräusch kenne ich. So klingt es, wenn Nancy vor Kummer schluckt oder vor Angst oder vor beidem. So hat sie geschluckt, als unser erster verrückter Tierheim-Hund, Jeminah, überfahren wurde. Wir waren im Urlaub, irgend so ein Idiot im Campingbus hat beim Zurücksetzen nicht hingeschaut, Jake war mit dem Hund eine Runde gegangen, sie waren auf dem Weg zurück zu unserem Zelt.

Das Jaulen des Hundes war nicht so laut wie das Weinen von Nancy, die den grasbewachsenen Weg runterlief und schrie: *Jemmy, Jemmy, Jemmy!* Ich bin ihr hinterhergerannt, und dann haben wir es gesehen, es war grausig. Ich wollte Nancy wegziehen – das Bild schien mir zu verstörend, das Blut, der gebrochene Schädel, der arme Jemmy, der im Sterben lag. Aber es war zu spät.

Da stehe ich, in dem dunklen Raum, aufs Neue in Stille gehüllt, und erinnere mich an das Ende jenes schrecklichen Tages.

Bei Feriensonnenschein barg meine Kleine den armen verletzten Hundekopf in ihren Armen, und während sie weinte und weinte und weinte, lief das Blut des Hundes auf ihr süßes gelbes Sommerkleid. Dicke fette Tränen weinte sie.

Ich hatte nicht gewusst, dass ein so kleines, zartes Kind so beeindruckende Tränen hervorbringen kann. *Nein,*

Jemmy, nein, bleib, bleib hier. Dabei streichelte sie ununterbrochen Jemmys Kopf, wieder und wieder, als könnten Liebkosungen den Hund ins Leben zurückholen, streichelte schnell und langsam und wieder schnell, aber er war zu schwer verletzt, er gab ein Wimmern von sich, verdrehte die Augen, bis nur noch graues Weiß zu sehen war, gab ein weiteres Wimmern von sich und starb. Und in dem Augenblick hat Nancy dieses Geräusch gemacht, hat vor Kummer geschluckt, und es klang genau so.

Der Raum wartet darauf, dass ich etwas unternehme. Ich unternehme nichts. Ich denke nach. Angestrengt.

Die Geräusche sind verklungen, der Lautsprecher schweigt, der stille, grauschwarz-schattige Raum, der mich umgibt, ist ein Ort von absoluter Reinheit. Von perfekter Ordnung. Ein Raum, wie er meinem Mann gefallen würde, meinem leicht zwanghaften Mann, der früher erst seine Hose faltete und die Säume aufeinanderlegte – vorm Sex.

Das war einer der Gründe, die mich zunächst haben zögern lassen, ob ich ihn überhaupt heiraten sollte, dieses kuriose, geradezu besessene Hosenfalten, das penible Bügeln, das immer genau so und nicht anders gemacht werden musste, die Angewohnheit, seine Bücher nicht nur alphabetisch, sondern auch nach Farben zu ordnen. Wahrscheinlich habe ich nicht zuletzt deshalb meinen Mädchennamen behalten.

Ich kann mich des Verdachts nicht erwehren. Jake. Diese kalten blauen Augen. Sehr attraktiv, manchmal aber auch eisig.

Und dennoch war er, auf seine distanzierte Art, immer freundlich, er arbeitet viel, und er liebt Nancy, auf seine Weise.

Mit einer gewissen Reserviertheit. Das Chaos, das sie verbreitet, und sie war schon immer ein kleiner Messie, konnte er nie leiden, und er hat immer eher ihr deswegen zugesetzt als mir, weil es mich nicht gestört hat, dass überall Spielzeug herumlag. Ihn konnte das richtig nerven. Manchmal hat er uns deswegen sogar angeschrien, mal sie, mal mich.

Und der Sex? Manchmal liegt beim Sex eine seltsame Härte in seinem Blick, dann scheint er ganz woanders zu sein, leidenschaftlich abwesend; als sei er ein anderer, der das gerade nicht tut.

Zugleich ist er so klug und zielstrebig: ein armer Junge, der einer armen Familie entstammt, der eine gute Universität besucht und einen hervorragenden Abschluss in Medizin gemacht hat, der Neurochirurg war, dann in die Neurologie gewechselt ist und jetzt Sachen macht, die ich nicht verstehe.

Steckt Jake dahinter? Ist es denn tatsächlich möglich, dass er mir etwas dermaßen Widerwärtiges und Grausames antun würde? Er ist wohl der klügste Mensch, den ich kenne, und gleichzeitig ist er mir bis zu einem gewissen Grad immer ein Rätsel geblieben, auch wenn er ein guter und treuer Ehemann und ein distanzierter, aber vernarrter Vater ist. Meine Mutter konnte nie viel mit ihm anfangen. Sie hat nicht viele Worte darum gemacht, aber ich habe immer gewusst, dass irgendetwas an ihm sie stört.

Könnte er das alles hier wirklich arrangiert haben? Mich in diese beängstigende dunkle Zelle gesperrt haben? Immerhin hat er Freunde, die bereit sind, mir Schlaftabletten zu geben.

Sie geben mir Tabletten.

Mich schaudert. Und so viele Tabletten.

Woher weiß ich überhaupt, was ich da genommen habe? Gar nicht. Manche von den Tabletten, die sie mir geschickt haben, sind in Großbritannien nicht einmal zugelassen. Wenn ich das anspreche, wenn ich es mit der Angst zu tun kriege, lacht Jake nur auf seine freundliche, aber etwas herablassende Art. Einige dieser Tabletten sind Generika, ich bekomme sie in Plastiktütchen, aber wenn ich mich darüber beschwere, dass ich gar nicht weiß, was ich da schlucke, sagt Jake nur: *Na ja, du bist diejenige, die sie haben will, du leidest unter Schlaflosigkeit, Liebste. Du* musst *überhaupt nichts einnehmen, oder?*

Und dann bin ich still. Möglich, dass sie mich schon die ganze Zeit zunehmend unter Drogen gesetzt haben. Jake und seine tollen Freunde. Warum nicht?

Erschrocken über mich selbst, schlage ich die Hand vor den Mund.

Warum nicht? Was denke ich da? Das ist verrückt! Meinen eigenen Mann zu verdächtigen, ihn, der nie die Hand gegen mich erhoben hat.

Noch einmal, das hier ist tatsächlich eine Gummizelle. Ein Raum, in dem sich jemand wiederfinden könnte, der eingewiesen worden ist. In eine Anstalt, wo es zum Schutz einen solchen gepolsterten Raum gibt.

Ich grübele mich in regelrechte Panik hinein: Meine Lage ist beängstigend und kaum zu begreifen, aber Panik ist sinnlos, nichts als negative Energie, die mich meiner Tochter kein Stück näher bringt.

Vielmehr muss ich mich auf das konzentrieren, was real ist. Der Druck auf der Blase hilft sogar, ich muss pinkeln, und das treibt mich dazu, genauer und schneller zu überlegen. Die Stimme, die der Lautsprecher durch den stockfinsteren Raum geschickt hat, war ebenfalls ziemlich real. Die ängstliche Stimme meiner Tochter.

Was muss sie ertragen? Wird ihr wehgetan?

Es ist ein Wirrwarr von Gefühlen. Was sich durchzieht, ist Wut, sie drängt die Verwirrung beiseite, lindert die Angst. Ich koche vor Wut. Wer meiner Tochter was tut, ist tot. Eine befriedigend schlichte Wallung. Sie gefällt mir, davon will ich mehr, dieses Gefühl kenne ich. Es hat mich einmal gepackt, als auf einem Jahrmarkt an der Hüpfburg ein betrunkener Mann Nancy angeschnauzt hat, weil sie die falschen Socken an den Füßen hatte; sie war erst fünf, und er hat sie angeschrien, als sei sie ein renitenter Teenager; sie hat geweint, und er hob die Hand, als wolle er sie tatsächlich schlagen. Ich bin hingelaufen und habe ihn meinerseits angeschrien – so laut, dass er weggerannt ist; er hat sich aus dem Staub gemacht und ist auf Nimmerwiedersehen verschwunden. Ich weiß noch, dass ich eine Schere in der Handtasche hatte und, als ich auf den Mann zulief, schon danach griff. Ich war bereit, sie hervorzuholen, ihm die Stahlklingen in den fetten Hals zu rammen und seine Arterie aufzufetzen. Um Nancy zu beschützen, hätte ich getötet, und mit Wonne hätte ich das Blut hervorspritzen sehen.

Blutrünstig. Die Löwenmutter.

Ja, das war sehr befriedigend. Genau diesen Zorn muss ich in mir wecken. Irgendwer hat mich in eine unheimliche, beängstigende Lage gebracht, aber ich bin bei mir, ich bin gesund, und auch wenn ich vielleicht nicht so schlau bin wie Jake mit seiner Neurologie und seinen Abschlüssen und seinen Freunden im Krankenhaus, werde ich das Rätsel lösen; ich werde rauskommen aus diesem *Raum*.

Noch einmal schreite ich die Wand ab, von Ecke zu Ecke. Selbstsicherer als vorhin. Außer dem Bett, dem Lautsprecher und mir scheint es hier drin tatsächlich nichts zu geben. Oder?

Ein Scheppern.

Ich bin gegen etwas gelaufen. Etwas auf dem Boden. Um besser sehen zu können, gehe ich auf die Knie.

Ein leerer Eimer. Metall. Grauer Stahl, der in der Dunkelheit eher schwarz wirkt.

Was das heißen soll, ist klar. Sie wollen – er will –, dass ich in diesen Eimer pinkele. Und obwohl ich wirklich dringend pinkeln muss, empfinde ich das als Demütigung. Was nichts daran ändert, dass meine Blase kurz vorm Platzen ist.

Neben dem Eimer zeichnen sich schwach mehrere kleinere Gebilde ab. Ich untersuche sie mit den Händen und erkenne: kleine Wasserflaschen. Und ein paar Dinge in Plastikverpackungen, deren Beschriftung ich nur mit größter Mühe entziffern kann. Müsliriegel, mehrere süßlich duftende Äpfel. Ein Schokoriegel. Sie gehen – er geht – davon aus, dass ich einige Zeit in diesem Raum zubringen werde. Auf jeden Fall lange genug, um Hunger zu kriegen, und so lange, dass ich das Bedürfnis haben werde, mich zu erleichtern.

Ich sträube mich. Ich muss mich fügen. Die totale Demütigung.

Zögernd ziehe ich die Schlafanzughose runter, hocke mich über den Eimer und pinkele. Inmitten der Stille ist es überraschend laut, dieses vulgäre Zischen. Warum schäme ich mich so? Es guckt doch niemand. Ich glaube nicht, dass jemand guckt. Es sei denn, sie haben eine Infrarotkamera. Wenn sie das mit dem Lautsprecher hinkriegen, können sie auch eine Kamera anbringen.

Ich wette, sie haben auch eine beschissene Kamera. Die zeigt mich in geisterhaften Infrarotbildern, wie ich mit heruntergelassener Schlafanzughose dahocke.

Sofort richte ich mich auf – ich werde rot, das merke ich –, ziehe mir wütend die Hose hoch, entferne mich von dem Eimer und schreie in Richtung der unsichtbaren Decke: »Guckt ihr zu? Habt ihr's gesehen? War es das, was ihr wolltet?«

Schweigen.

»Ich weiß, dass ihr mich hört. Ich weiß, dass ihr mich hierhergebracht habt. Ich weiß, dass ihr mir Tabletten gegeben habt.«

Und dann kommt eine andere Stimme aus dem Lautsprecher. Nicht Nancys. Das ist ein Mann, eine Stimme, die ich noch nie gehört habe, ein flapsiger, cooler und trotzdem herrischer Ton.

»Sie wird sterben. Sie wird die Nacht nicht überstehen. So sieht es aus. Es besteht keine Hoffnung mehr.«

Stille. Wer ist sie? Nancy? Heiser vor Wut und Angst schreie ich zurück: »Lasst sie in Ruhe! Lasst Nancy in Ruhe!«

»Bei Tagesanbruch wird sie tot sein. Nichts zu machen. Sieben Stunden, mehr nicht.«

5

Verzweifelt starre ich in die Dunkelheit. Wo kommt diese tiefe, Furcht einflößende Stimme her?

»Was soll das heißen?«

Die Antwort ist Schweigen.

»Warum wird sie sterben? Lasst sie nicht sterben! Rührt meine Tochter ja nicht an!«

Wieder Schweigen, kein Laut ist zu hören. Mein Herz rast, meine Seele ist in Aufruhr.

»Was fällt euch ein, was für eine Drohung! Ich bring euch um. Ich finde euch, und dann bring ich euch um!«

Inzwischen laufen mir Tränen übers Gesicht. Der Gedanke, die Befürchtung, die bloße Vorstellung, dass Nancy wehgetan, ja, dass sie getötet werden könnte, ist grausam. Wie plötzlich aufblitzendes Licht, gegen das man die Augen schließen, von dem man sich abwenden muss.

Nein. Nicht. Nicht meine süße, drollige Tochter mit ihrem zauberhaften Lachen und dem schüchternen, klugen kleinen Lächeln. Wir haben so viele Mami-Nancy-Scherze.

Ich zittere. Um mich zu beruhigen, gehe ich weiter vorwärts. Und schreie weiter: »Redet mit mir, ihr Schweine! Sagt was! Traut euch! Sagt das noch mal!« Irgendwann stehe ich auf Zehenspitzen und schreie in die Dunkelheit über mir. »Sagt was, verdammt! Sagt was!«

Irgendwo da muss eine Art Lautsprecher sein. Oder könnte es wie ein Rang sein, ein offener Raum? Oder ein inneres Fenster, durch das sich jemand hereinlehnt und direkt zu mir spricht?

Nein. Die Stimme hatte diese leichte elektronische Verfremdung. Die Andeutung eines Echos, ein kaum wahrnehmbares Rauschen. Sie wird mit Sicherheit elektronisch hier herein übertragen. Aber von wem? Warum dieser absurde Aufwand, mich einzusperren und jetzt noch zu foltern, indem eine solche Drohung gegen meine Tochter ausgesprochen wird?

Ich versuche, das Zittern in den Griff zu bekommen.

Dahinter kann nicht Jake stecken, oder? Er ist cool, intelligent, distanziert, eher verkopft als emotional, ein Wissenschaftler, ein Theoretiker. Davon, dass er etwas so Abgedrehtes wie das hier technisch hinbekommen würde, bin ich überzeugt – die langen Arbeitstage im Krankenhaus, so viele Überstunden, vielleicht hat er alles vorbereitet, vielleicht befinde ich mich irgendwo in einem Krankenhauskeller –, aber dass er emotional dazu imstande wäre, kann ich mir viel weniger vorstellen. Schließlich liebt er Nancy. Auf seine zurückhaltende Art. Als sie ein Baby war, hat er immer mit angefasst, war ein guter Vater, hat sie gewickelt und gebadet; vielleicht war er darin sogar geschickter als ich, weil er methodisch vorging, ruhiger, präziser.

Wenn sie einen Wutanfall hatte, war er es, der sie in ihr Zimmer gebracht hat, damit sie sich beruhigen konnte. Und es hat funktioniert. Für mich war ihr Weinen kaum auszuhalten, ich wollte sofort zu ihr und sie trösten, aber er hat mich dazu angehalten, geduldig zu sein und abzuwarten. Es hat tatsächlich funktioniert. Am Ende war sie vernünftiger und zufriedener als vorher. Hatte ihren kühlen, strengen Vater im Blick und ließ sich bereitwillig alles Mögliche sagen. Sie war anders als die Rabauken in ihrer Vorschulgruppe, Kinder, die das Wort *Nein* nie zu hören bekommen hatten und wie angestochen herumrannten; sie war höflich und trotzdem guter Dinge und voller lustiger Ideen. Ein absolut süßes Kind. Mein Kind. Meine Tochter mit den blauen Augen und dem fröhlichen Gesicht.

Und jetzt soll sie sterben?

Der Gedanke ist nicht zu ertragen. Es ist, als würde ich gezwungen, stundenlang in die Sonne zu starren. Mir tränen die Augen, in meinem Kopf meldet sich ein bohrender Schmerz, als säße dort ein Tumor. Meine Seele krümmt sich bei dem Gedanken.

Ich muss mich auf etwas anderes konzentrieren. Die Erkundung des Raums zu Ende bringen. Mehr kann ich ohnehin nicht tun. Was ich gefunden habe, sind ein Eimer und etwas zu essen. Ich habe etwas über die Absichten meines Entführers gelernt. Vielleicht gibt es noch mehr zu entdecken.

Nachdem ich mir die letzten Tränen weggewischt und die Sorge um Nancy verdrängt habe, so gut es geht, trete ich noch näher an die Wand heran, an der ich mich blind entlanggetastet habe. Setze meinen Weg durch Stille und Dunkelheit langsam und vorsichtig fort. Tapp, tapp, tapp, Schritt für Schritt für Schritt. Nichts. Immer das Gleiche. Das gleiche, eher weiche Vinyl, unter den Füßen und an der Wand.

Eine Gummizelle.

Mir kommt ein Gedanke. In Jakes Krankenhaus gibt es eine große psychiatrische Abteilung mit einem gesicherten Bereich. Untergebracht im weitläufigen Untergeschoss des Gebäudes. Es ist eine der größten Psychiatrie-Stationen in der Region, mit vielen Patienten, von denen einige schwer gestört sind. In seiner Funktion als Neurologe, als Verwaltungsmensch, als was auch immer er jetzt ist, lässt Jake sich regelmäßig in dieser Abteilung blicken, und wenn ich ein seltenes Mal erfahre, wie sein Tag war, kann es sein, dass er so etwas sagt wie: Ich musste heute in die Psychiatrie, interessanter Fall, manisch, nehme ich an, schwer. Und psychotisch. Gefährlich.

Wieder überläuft mich ein Schauer. Wie Winterregen rieselt es mir eisig den Rücken hinunter. Das hier könnte wirklich eine psychiatrische Abteilung sein, irgendwo im dunklen Untergeschoss des riesigen Krankenhauses; ich wette, sie haben hier ein oder zwei Gummizellen. Das muss so sein. Jake sagt, sie haben einige zu extremer Gewalt neigende Patienten.

Es ist ein beunruhigender, vielleicht aber hilfreicher Gedanke. Ich werde ihn ganz vorn im Kopf behalten, während ich meine schreckliche Angst um Nancy weit, weit zurückzudrängen versuche.

Bei Tagesanbruch tot? Mir bleiben sieben Stunden, um sie zu retten? Das bedeutet, dass es jetzt etwa Mitternacht sein muss.

Ich muss sie retten, muss, muss Nancy, Nancy, Nancy, Nancy, Naaa

Geh weiter. Taste die Wände ab. Mach dir eine innere Karte von deiner dunklen Gefängniszelle. – Das tue ich. Ich gehe. Ich taste. Es ist dunkel wie zuvor, und die Stille wiegt jetzt noch schwerer, aber ich setze die Erkundung fort. Ich habe die dritte Ecke gefunden, und das bedeutet, der Raum, wenn er einen echt rechtwinkligen Grundriss hat, ist ungefähr vierzehn Meter lang und zehn Meter breit. Er ist groß, aber nicht so groß, dass ich ihn nicht ausmessen könnte. Das wäre auch zu unheimlich gewesen. Was ich aber noch nicht weiß, ist die Deckenhöhe. Fünf Meter? Fünfhundert? Vielleicht befinde ich mich ja am Grund einer Grube, eines gepolsterten Verlieses, dessen Wände neunhundert Meter in die Höhe ragen.

In meinem Kopf dreht sich alles. Mein Herz verkümmert vor Schmerz. In der Vorwegnahme von Schmerz. Ich bin müde, ich habe Durst. Und ich fühle etwas mit dem großen Zeh. Ich bin in etwas getreten.

Hastig hocke ich mich hin. Mit den Fingern ebenso forschend wie mit Blicken, komme ich zu dem Schluss, dass es sich um einen Schuhkarton handelt. Einen gewöhnlichen Schuhkarton. Ich hebe ihn hoch und schüttele ihn. Ja, es klappert, da ist irgendwas drin.

Ich setze mich, stelle mir den Karton auf die Knie, nehme den Deckel ab und greife nach dem Objekt, das geklappert hat.

Es ist eine kleine Armbanduhr. Sie tickt. Und als ich sie dicht vor meine Augen halte, erkenne ich, dass es nicht einfach irgendeine alte Uhr ist, sondern eine kleine, tickende Armbanduhr mit einem Bild auf dem Zifferblatt, und selbst in der Dunkelheit erkenne ich dieses Bild: Pu der Bär. Einer von Nancys Lieblingskinderbuchhelden. Sie liebt die leise Melancholie der Pu-Bücher. Immer wenn wir eins durchgelesen haben oder sie selbst, jetzt, da sie größer wird, eins durchhat, sagt sie: *Ich würde I-Ah so gern in den Arm nehmen und drücken, Mami.*

Schon sind sie wieder da, die Tränen. Das vertraute Brennen in den Augenwinkeln. Natürlich weiß ich, woher diese Uhr stammt, natürlich ist sie mit Bedeutung aufgeladen: Nicht nur, dass ich jetzt weiß, wie spät es ist – dass ich die Stunden zählen kann, bis vielleicht etwas passiert, etwas Schreckliches –, mir ist auch klar, wie gezielt ich mit dieser Uhr emotional unter Druck gesetzt werde.

Zunächst mal verrät sie mir die Zeit, teilt mir grausam nüchtern mit, dass ich richtig geschätzt habe. Null Uhr zehn, zeigt sie an. Wenn diese schreckliche Sache bei Tagesanbruch wirklich passiert, wird das gegen sieben der Fall sein, also bleiben mir sieben Stunden. Die Uhr soll mich verhöhnen.

Zweitens: die Erinnerungen. Nancy hat mir die Uhr letztes Jahr zum Muttertag geschenkt, völlig überraschend. Ich stelle mir vor, dass Jake ihr das Geld gegeben hat, aber anscheinend musste es genau diese Uhr sein. Nancy ist in den Laden gegangen, hat sie ausgesucht und schön verpackt, kam zu mir in die Küche, wo ich bei Mozart-Klängen am Kochen war, und hat sie mir überreicht. *Hier, Mami, für dich, du sagst doch immer, du brauchst ein bisschen Zeit, hier hast du ein bisschen Zeit.* Und ich habe das Päckchen geöffnet und gelacht und sie umarmt und ihr einen Kuss gegeben, und wir waren an diesem Tag sehr glücklich. Ich habe die Uhr nicht oft getragen – weil sie zu unpraktisch war und zugleich zu kostbar, es steckte so viel Fürsorge und Liebe darin, von meinem einzigen Kind. Warum hat Jake nie weitere Kinder gewollt?

Gleichzeitig mit den Tränen schießt mir ein neuer Gedanke durch den Kopf. Dieser Tag. Der Tag, an dem Nancy mir die Uhr geschenkt hat, da haben wir noch etwas gemacht. Wir waren, wie schon häufiger, in einem Escape-Room.

6

Gefangen in Dunkelheit und Stille, schiebe ich die kleine Uhr in die Schlafanzugtasche, und dann lehne ich mich rücklings an die Wand und spule vor meinem inneren Auge die Erinnerungen ab.

Escape-Rooms. Jake.

Myles Westwater.

Es war während des verregneten Sommers vor zwei Jahren. Plötzlich erzählte Jake, dass einer seiner Freunde – dieser reiche, noble, schlaue Freund aus Uni-Zeiten, Myles Westwater – gerade eine ganze Kette dieser neuen, sehr angesagten Orte eröffnete.

»Escape-Rooms.«

Davon hatte ich noch nie gehört, und als Jake mir das Konzept erklärte, fand ich es wenig verlockend: Man wird in eine ganze Flucht düsterer Räume gesperrt und muss alle möglichen Rätsel lösen, damit man da wieder rauskommt? Was soll daran Spaß machen? Wer lässt sich schon gern an einem unheimlichen, unübersichtlichen Ort mutwillig Angst einjagen oder verwirren und blättert dafür noch einen Haufen Geld hin?

Jake ließ meine Vorbehalte nicht gelten. Uns als Freunden gewähre Myles eine Gratistour – wo also sei das Problem? Trotzdem blieb ich voll innerer Abwehr.

Warum diese Abwehr?

Ich stehe allein in diesem schrecklichen dunklen Raum, hole die Pu-der-Bär-Uhr wieder hervor und umklammere sie so fest, dass das Ticken kaum noch zu hören ist und das Stahlgehäuse sich in mein Fleisch gräbt.

Dann öffne ich die Hand und lausche.

Tick, tick, tick, tick, tick, tack: als könnte die Zeitbombe Erinnerung jeden Augenblick explodieren.

Myles Westwater. Groß, humorvoll, klug, gut aussehend, aus guter Familie. Und dazu diese weiche, aufregende Stimme, der lässige, immer leicht belustigte Ton. Trügerisch überlegen.

Die Erinnerungen kommen mit Macht.

Myles Westwater gab in seinem schönen Haus unten am Fluss gern rauschende Feste. Wie ich sie genossen habe, diese Feste! Wir waren noch ziemlich neu in der Stadt, frisch verheiratet und manchmal ein bisschen einsam; mein Vater war tot, meine Mutter noch nicht in unsere Nähe gezogen, daher waren die Feste super Gelegenheiten, neue Leute kennenzulernen. In den Bäumen hingen Lichterketten, in sämtlichen Zimmern und Außenbereichen drängten sich gut aufgelegte junge Leute, und in Eiswannen lagen Sektflaschen bereit. Myles' Partys waren die besten, weil er es liebte, Menschen zusammenzubringen, zu netzwerken, und weil er Sinn für erlesene Dinge hatte. Sushi ohne Ende. Exotische Kanapees. Exquisite Weine aus Übersee. Ich habe dort viel über guten Wein gelernt, meine Leidenschaft dafür ist dort, auf diesen Festen, geboren. Myles war ein großer Weinkenner.

Und dann, im nächsten Sommer, ein knappes Jahr, bevor Nancy zur Welt kam, ging Jake arbeitsbedingt für mehrere Monate, eigentlich fast für ein Jahr, an ein Lehrkrankenhaus im Ausland. Das war der Sommer, in dem ich mich vernachlässigt, ja verlassen gefühlt habe. Der Sommer, in dem nichts weiter stattfand als, immer zur Unzeit, kühle bis frostige Telefonate über den großen Teich hinweg, Anrufe von meinem Mann, der mich mit einem mehr als dürftigen, nahezu nicht vorhandenen Freundeskreis in einer immer noch neuen Stadt zurückgelassen hatte und es nicht hinbekam, mir wenigstens einmal die Woche zu sagen, dass er mich liebte. Es war mein einsamster Sommer.

Nicht lange, und die Anrufe wurden seltener, und wenn Jake dann mal von sich hören ließ, war alles, was er vorbrachte, dass er sehr viel Arbeit hätte. Die üblichen laschen Erklärungen: die Arbeit oder die Zeitverschiebung oder schlechter Empfang oder sonst was, es gab immer einen Grund, warum er vergessen hatte anzurufen oder nicht durchgekommen war. Bis ich eines Tages schließlich selbst bei ihm anrief und, als er sich meldete, im Hintergrund eine leise Frauenstimme hörte, und als sie fragte, wer da sei, hörte ich Jake zu dieser anderen Frau sagen: *Ach, nichts Besonderes, nur jemand von zu Hause.*

Nur jemand von zu Hause?

Es war seine Frau, die anrief!

Da habe ich ihm rundheraus eine Affäre unterstellt. Er hat es geleugnet. Ich habe ihm nicht geglaubt. Ich wusste nicht, was ich glauben sollte.

Tick, tick, tick. Tack, tack, tack. Im Dunkeln, in der Stille, voller Angst, starre ich auf die Uhr hinunter. Jetzt zeigt sie halb eins. Bei Tagesanbruch soll Nancy etwas zustoßen. Das t-Wort, das benennt, was ihr zustoßen könnte, wage ich noch nicht einmal zu denken. Bis Tagesanbruch sind es keine sieben Stunden mehr. Ich fasse es nicht, dass ich in diesem Albtraum eingesperrt bin. Diesem Escape-Room aus der Hölle.

Immer weiter tickt die Zeitbombe Erinnerung. Sechs Stunden, fünf Stunden ...

Gerade als meine Zweifel bezüglich Jake auf dem Höhepunkt waren, lud Myles mich zu einer weiteren großen Party ein, schließlich sei er Jakes Freund. Als hätte er meinen inneren Aufruhr gespürt. Ich wollte ablehnen. *Aber Jake ist nicht da.* Worauf diese weiche, dunkle Stimme leichthin erwiderte: *Das macht doch nichts. Dich will ich sehen, meine Liebe, du musst mal raus, du bist doch bestimmt ziemlich einsam.*

Habe ich gewusst, was passieren würde? Vielleicht. Zu viel Sekt, zu viele Cocktails, zu viele buttertriefende Hummerscheren, einfach zu viel von allem, bis es schließlich passiert ist. Zwei Uhr war läääängst vorbei, und plötzlich waren nur noch Myles und ich da, und er hat mich geküsst, in der Küche, und Sex hatten wir im Wohnzimmer. Und dann in der Diele. Und im Schlafzimmer. Jede Menge guten Sex. *Was soll schon sein? Wenn Jake eine Affäre hat, steht mir das genauso zu.*

Morgens wollte er wieder Sex, aber irgendwas war mit seinem Blick, seinem Lachen, es lag etwas Zorniges darin, etwas leicht Irres. In der Beiläufigkeit, mit der er einen seiner besten Freunde betrog, rücksichtslos, grausam beinahe. Viel zu beiläufig und zugleich viel zu intensiv. Ich habe meine Sachen zusammengesucht und bin geflohen, aber er hat wochenlang immer wieder angerufen und gesagt, dass er mich liebt. Wütende Anrufe waren das, er hat mir Angst gemacht, war aggressiv, hat düstere Drohungen ausgestoßen, bis es mir zu viel wurde, bis ich ihn schließlich gebeten habe aufzuhören. Ich wollte mein altes Leben zurück. Ich habe ihn angefleht, Jake nichts zu sagen, *es war doch nur eine Nacht, ein schrecklicher Irrtum. Bitte! Es geht um meine Ehe!*

Irgendwann hörte das mit den Anrufen auf. Jake kehrte nach Hause zurück. Nancy kam zur Welt. Niemand wusste davon.

Es ging unter.

Und dann, Jahre später, an einem von unzähligen verregneten Augusttagen, die wir zu Hause zubringen mussten, erklärte Jake aufgeräumt: *Myles besitzt Escape-Rooms, das sind begehbare Rätsel, eine Art Zellen, aus denen du dich heraustüfteln musst. Da könnten wir mit Nancy hingehen, dann hätten wir was vor.* Und ich konnte ihm nicht sagen, was der wahre Grund für meine Skepsis war. Myles Westwater? Bot uns eine Gratistour an? Aber Nancy hat so gedrängelt. *Bitte, bitte, bitte.*

So sind wir das erste Mal in einem Escape-Room gelandet. Und Nancy war begeistert. Es war genau das Richtige für ihre Neugier, ihren schnellen Verstand, ihre Freude an Theatralik. Sie fand die albernen, aber auch lustigen Rätselaufgaben toll, den Hauch Dramatik, das Ticken der Uhr. *Du bist ein Spion, der in der Falle sitzt, du bist in einem Labor eingesperrt und hast eine Stunde Zeit, um aus diesen Räumlichkeiten zu entkommen.* Sie war begeistert von den Sirenen, den künstlichen Nebelschwaden, den im Dunkeln aufblitzenden Lichtern, den Metallbehältern mit den seltsamen Schlössern. *Oh, Mami, wenn wir diese Kammer nicht aufkriegen, frieren sie uns dann wirklich ein?* Sie wusste, dass nichts davon echt war, fand es aber super, so zu tun, als ob. Für ein Einzelkind, das sich langweilte, weil alle seine Freunde irgendwo im Urlaub waren und es pausenlos regnete, war es das Größte.

Danach waren wir noch in vielen Escape-Rooms, in allen, von denen wir hörten. Nancy gab keine Ruhe. Manchmal mussten wir endlos weit fahren, und sie rutschte die ganze Zeit aufgeregt auf der Rückbank herum.

Ruhelos schaue ich mich in dem seltsamen, dunklen, geräuschlosen Raum um. Könnte das ein Escape-Room sein? Ich schätze, ja. Dann ergäbe eine vollkommen sinnlos erscheinende Situation irgendwie doch Sinn. Und wenn es so ist, bleibt mir ein Fitzelchen Hoffnung. Vielleicht ist das ein ausgesucht übler Scherz: Mir soll auf die schlimmste denkbare Art Angst eingejagt werden, nämlich mit Drohungen gegen meine Tochter. Von jemandem, der mich hasst.

Ist Myles dieser Jemand voller Hass? An dem Morgen danach, damals, hatte ich das Gefühl, dass mit ihm etwas nicht stimmt. Deswegen bin ich geflohen und nie zurückgekehrt. Und dann diese heftigen Drohanrufe.

Oder könnte es Jake sein? Vielleicht hat er herausgekriegt, was ich getan habe, mit Myles. Und das hier ist seine Rache. Grausam, aber treffsicher. Und doch, es bleibt immer noch eine andere Möglichkeit, vielleicht ist es nicht einfach ein grausamer Scherz. Wenn er, ob nun Myles oder Jake, bereit ist, so weit zu gehen, wie weit würde er es noch treiben?

Jake hat in den Escape-Rooms die Sache für Nancy immer noch angeheizt. *Mach schnell, finde die Lösung, Nancy, sonst bleiben wir für immer hier eingesperrt, das ist kein Scherz, es ist wirklich so.* Und dann sah er mich an, lachte kurz und sagte: *Stell dir einfach vor, wie es wäre, wenn das eines Tages wirklich passieren würde.*

Ich lehne den Kopf an die Vinylwand und starre in die Dunkelheit. Dann halte ich die kleine Armbanduhr hoch und werfe einen ängstlichen Blick darauf. Der Minutenzeiger steht genau über Pus Nase. Zehn vor eins.

Tick, tick, tick …

Tack.

7

Tief ein- und ausatmen, das beruhigt mich; die Luft ist weich, leicht abgestanden. Ich stecke die kleine Uhr wieder in die Tasche – und zähle bis zehn.

So habe ich es immer gemacht, wenn Nancy als Kleinkind einen Wutanfall hatte. Ich habe die Augen geschlossen und gezählt. Geschimpft habe ich nie. Jetzt muss ich genauso die Ruhe bewahren. Ich stehe in meinem weichen Schlafanzug in diesem weichen, kantenlosen Raum und muss nachdenken.

Augen auf.

Es ist klar, was ich zu tun habe. Ich muss den Rundgang abschließen. Den gedämpften dunklen Raum einmal ganz umrunden, um die Dimensionen dieses Gefängnisses zu erfassen. Alles, was ich erkunden kann, muss ich erkunden, denn wenn es sich um so etwas wie einen Escape-Room handelt, ist genau das die Aufgabe. Untersuch alles auf mögliche Hinweise, von den Zahlen auf Schlössern über die Zufallszahlen auf Fenstern bis hin zu Möbelstücken, Durchgängen, verstreut herumliegenden Gegenständen. Buchstäblich alles kann ein Hinweis sein; füg die Hinweise zusammen, dann gelangst du in den nächsten Raum und dann in den nächsten. Wenn du alles richtig machst, kommst du raus und hast gewonnen. Und wenn du rauskommst und gewinnst, geht es Nancy gut. Jake oder Myles oder wer auch immer wird seinen Spaß gehabt haben. Oder seine Rache. Ich werde trotzdem gewinnen.

Es sei denn ...

Als ich das zu Ende denke, kriege ich Gänsehaut.

Was, wenn es zu diesem Plan – diesem speziellen, kühlen Racheplan – gehört, mich in einen Escape-Room zu stecken und zu quälen, indem man mir Hinweise und Rätsel präsentiert, die gar nicht lösbar sind? Für jemanden mit sadistischer Neigung wäre das noch viel unterhaltsamer.

Und derjenige, der das mit mir macht, ist ein Sadist.

Verzweiflung packt mich, ich bin überhaupt nicht mehr ruhig, mein Atem beschleunigt sich. Und damit kommen die düsteren Gedanken, dutzendweise. Ich schaffe es nie hier raus, ich soll gar nicht hier rauskommen. Hier, in diesem dunklen, stillen Raum, soll alles zu Ende gehen. Ich werde Nancy nicht wiedersehen. Das ist kein Raum, es ist ein Grab.

Nein. Nancy. Nein. Ich atme zu schnell. Hyperventiliere. Mein Puls rast. Halt. Hilfe. Hilfe. Ich sehe Nancy vor mir, sie hat Schmerzen, sie weint.

Ich schreie in die Dunkelheit: »Stopp!«

Schweigen.

Ich schreie noch einmal. »Aufhören! Hör auf! Wer du auch bist, ich ergebe mich. Es tut mir leid. Lass mich gehen. Lass mich zu Nancy.«

Schweigen.

Die Dunkelheit rings um mich wartet. Wie ich diese Dunkelheit hasse. Noch nie habe ich mir so sehnlich Licht gewünscht. Ich sehne mich nach Licht, dürste nach Licht, giere nach Licht, und wenn es nur ein winziges Fünkchen wäre.

Außerdem habe ich einfach Durst. Vor lauter Angst ist mein Mund völlig ausgetrocknet. Und dagegen lässt sich was tun, ich habe neben dem Eimer Wasserflaschen und etwas zu essen gefunden. Einfach hier an der längeren Wand entlang, gegenüber von der, an der das Bett steht.

Meine eigene Spur zurückverfolgend, halte ich mich an die Wand, tapse durch die Dunkelheit. Zögerlich tasten meine nackten Füße sich auf dem Vinyl voran. Ich will diesen Eimer, in den ich gepinkelt habe, auf keinen Fall umstoßen.

Also strecke ich die Hände aus, es war doch hier, hier irgendwo, ich klopfe die Wand ab, lasse vorsichtig einen Fuß nach vorn schwingen. Aber nichts. Ich finde das Essen nicht. Die Wasserflaschen. Sie waren ordentlich aufgereiht, und ich habe daran nichts geändert. Sie müssen da sein. Vielleicht noch ein paar Schritte weiter? Vielleicht stimmt meine innere Karte des Raums nicht, vielleicht ist er größer, als ich dachte?

Langsam lasse ich mich auf alle viere nieder und krabbele weiter. Tastend, wachsam. Hin und wieder recke ich einen Arm nach links oder nach rechts, immer auf der Suche nach dem Eimer, dem Wasser, dem Essen. Krauche weiter. Nichts. Noch einen Meter weiter, nichts. Was ist passiert? Wieder strecke ich den Arm aus, und diesmal fühle ich etwas: die Wand, ich habe die zweite Wand erreicht, es ist kein Essen da, kein Wasser, kein Eimer.

Jemand hat sie woanders hingestellt – oder entfernt. Jemand oder etwas war hier drin und hat Essen, Wasser und Eimer rausgeholt.

Wie? Und wer?

Ein Gefühl, als würde ich einen Elektrodraht berühren, geballte Elektrizität, die mir direkt ins Herz fährt. Ein scharfer Schmerz in der Brust.

Wie kann das sein? Wie haben sie das gemacht? Ohne dass ich etwas gehört habe? Das muss gewesen sein, als ich mich beim Anblick der kleinen Uhr in Erinnerungen verloren habe. An Myles. Und mich. In der Küche. Ich war so tief in Gedanken versunken, so desorientiert, dass das durchaus möglich wäre. Die Dunkelheit ist so undurchdringlich, selbst jetzt könnte fünf Meter von mir entfernt ein Mann stehen, und ich würde es nicht mitbekommen.

Dieser Gedanke macht mir nur noch mehr Angst. Ist er noch hier? Höre ich jemanden atmen?

Ich setze mich auf die Fersen und sage ins dunkle Nichts: »Hallo?«

Rede ich mit mir selbst? Oder ist da wer? Kann es sein, dass ich drüben, auf der anderen Seite des schrecklichen dunklen Raums, das flache helle Rauschen menschlichen Atmens höre? Ja. Ja, ja. Ich glaube, er ist hier drin. Er ist da drüben. Vielleicht hat er so eine Spezialbrille, irgendwas mit Infrarot, sodass er im Dunkeln sehen kann. In den richtig teuren Escape-Rooms hatten sie solche Dinger, damit hat Myles noch angegeben. *Infrarot-Sichtgeräte! Mit denen könnt ihr im Dunkeln sehen.*

Das wäre wirklich grausam, richtig fies: wenn Myles oder Jake oder wer immer mich beobachten würde, wie ich – halb tot vor Angst, ein einziges Häufchen Elend – durch diesen dunklen, gepolsterten Raum krabbele und nach einem Eimer suche, in den ich zuvor gepinkelt habe.

Mistkerl. Mistkerl!

»Schluss damit!«

Keine Antwort.

Ich versuche es noch mal. »Hallo? Bist du hier drin? Ist irgendwer hier drin? Hast du die Wasserflaschen woandershin getan? Das Essen?«

Immer noch Schweigen. Leere. Natürlich. Wenn ich reden will, reagieren sie nicht. Sie reden nur, wenn sie mich quälen wollen. Vielleicht ist gar niemand hier. Vielleicht ist der Mann oder die Maschine reingekommen und hat die Sachen weggenommen, und nun ist die Tür wieder zu.

Die Tür.

Ja! Das ist es. Das ist der Hinweis. Wenn jemand hier war und die Sachen weggenommen hat, heißt das, es gibt tatsächlich einen Ein- beziehungsweise Ausgang, und er kann nicht weit sein. Das ist *der* Hinweis. Ich befinde mich in einem Escape-Room, und irgendwo in meiner Nähe gibt es eine Möglichkeit zu entkommen. Das schaffe ich.

Ich richte mich wieder auf und setze meine Erkundung fort. Ich muss mich wehren. Die Rätsel lösen. Den Weg raus aus diesem grässlichen Escape-Room finden. Nancy retten.

Und plötzlich, aus dem Nichts, ist der stille dunkle Raum nicht mehr dunkel. Ich sehe alles. Der Raum ist erfüllt von grellem, weißem Licht.

8

Licht? Woher, wie, warum?

Licht.

Nach dieser langen Zeit – wie viele Stunden waren es, eine, drei, fünf? Ich habe keine Ahnung – ist dieses unverhofft aufblendende Licht zu viel. Es ist so hell, dass es in den Augen schmerzt, deshalb muss ich mich in meinem weichen Schlafanzug neben die weiche Wand dieses stillen Raums kauern, die Lider fest schließen und mit zitternden Händen die Augenhöhlen abdecken. Ich muss das Licht draußen halten, denn sonst würde es sich wie ein Stab, wie zwei scharfe Dornen, geradewegs in mein Gehirn bohren.

Zu viel Licht. Solche Schmerzen. Das soll nachlassen. Bitte!

Langsam, und wirklich langsam, spreize ich die Finger. Als würde ich mir die Hände vom Gesicht schälen. Jetzt fällt das Licht direkt auf meine geschlossenen Lider. Orange und rot. Ich muss die Augen aufschlagen. Damit werde ich fertig. Wirklich? Endlich werde ich sehen, wo ich seit meinem Erwachen eingesperrt bin, aber plötzlich merke ich, dass mir dieser Gedanke Angst macht.

In gewisser Weise war es einfacher, meinen Escape-Room, meine stille, weiche Zelle, nicht zu sehen. Alles war ungewiss. In der Dunkelheit konnten die Ängste sich vermehren wie Maden in einem Abfalleimer, aber es blieb auch alles verborgen, ich musste nichts sehen. Was, wenn ich die Augen aufmache und etwas Schreckliches erblicke? Jake, da drüben in der Ecke, wie er lacht? Myles, der mich irre anstarrt? Mordlustig?

Vielleicht sehe ich auch Nancy, vielleicht schläft sie, oder sie liegt verletzt da. Oder, noch schlimmer, reglos. Ein lebloser Kinderkörper, nicht weit von da, wo ich alles abgetastet habe, und da liegt er schon die ganze Zeit.

Die Angst breitet sich aus. Wie ein Feuer.

Oder ich entdecke Mitzi den Hund tot auf dem Boden. Oder eine ganze Ladung Tabletten, mit denen ich mich umbringen soll. Wirklich alles könnte ich sehen, ich habe die Mitte des Raumes ja noch nicht erkundet, erst musste ich die Wände abgehen, um ein Gefühl dafür zu bekommen, wie groß mein Gefängnis ist, um mir eine innere Karte davon zu machen.

Was könnte da in der Mitte alles stehen, liegen, verwesen?

Mir bleibt keine Wahl. Ich muss tapfer sein. Ich wollte Licht, und jetzt habe ich Licht, also muss ich die Augen aufmachen. Wenn das hier ein Escape-Room ist, aus dem man entkommen kann, soll dieses Licht mir wohl helfen. Und ich muss daran glauben, dass ich hier rauskommen kann.

Ich werde die Augen aufschlagen.

Jetzt. In drei Sekunden.

Schwarz.

Das Licht ist erloschen. Sie haben es ausgemacht. Ich habe meine Chance verpasst. *Nein.* Nein, nein, nein. Ich könnte schreien. Ich schreie.

»Macht es an! Macht das Licht an! Bitte macht es an!«

Schwärze. Schweigen. Und inmitten von Schwärze und Schweigen ich, eine junge Frau, eine Mutter, im Schlafanzug, neben einer Vinylwand zusammengekauert, mit tränennassem Gesicht. Sie werden mich nie rauslassen. Ich komme nicht zu meinem Kind. Ich werde hier bleiben müssen, bis ich sterbe. Wer so wahnsinnig ist, das hier mit mir zu machen, ist auch wahnsinnig genug, mich umzubringen. Ich werde gefoltert, einfach so, zum Spaß, und dann machen sie mich fertig.

Licht!

Es ist wieder an. Noch greller als vorhin. Aber jetzt weiß ich, dass ich keine Wahl habe, das Licht kann jederzeit wieder ausgehen, ich muss die Gelegenheit nutzen.

Meine Augen brennen vor Schmerz, aber ich schaue mich gierig um. Der Raum ist ungefähr so groß, wie ich angenommen habe. Wie ich es mir vorgestellt habe. Die Wände bestehen aus weichem grauem Vinyl. Der Boden ebenso. Da drüben, auf der anderen Seite, steht mein Bett, zerwühlt, wobei das nicht mein Bett ist. Es ist einfach ein Bett.

Ich schaue nach oben. Da kommt das Licht her. Aber es ist so grell und trotzdem diffus, dass es die Sicht eher behindert. Der Raum ist sehr hoch, und da das Licht, wenn ich direkt hochschaue, so blendet, kann ich die Decke nicht sehen.

Und es gibt Öffnungen oder Aussparungen. An allen Wänden ringsum weist das Vinyl Aussparungen auf, wie Einbauregale. Was mag da liegen? Für mich außer Sicht? Hinweise für meine Flucht. Bestimmt. Irgendeinen Zweck müssen sie ja haben. Mich beschleicht das Gefühl, dass alles in diesem gedämpften Raum einen Zweck hat, irgendeine symbolische Bedeutung. Alles kann ein Hinweis sein, wie in jedem Escape-Room.

Was noch? Bevor sie das Licht wieder ausmachen, muss ich es optimal nutzen.

Ich lasse meinen Blick durch den Raum wandern und stelle fest, dass meine innere Karte ziemlich gut war. Er ist etwa fünfzehn Meter lang und fünf oder sechs Meter breit, und mit seinen öden grauen Polsterwänden und dem öden grauen Vinylboden ist er kahl und kärglich. Er ist so leer, wie ich gehofft habe – nichts Bedrohliches –, aber auch so leer, wie ich befürchtet habe: auf den ersten Blick nicht der kleinste Hinweis. Nichts, das Hoffnung machen könnte. Eimer, Wasser und Essen sind tatsächlich weg, es sei denn, sie sind unter dem Bett versteckt.

Aber das würde immer noch bedeuten, dass jemand hier war und sie weggeräumt hat. Wie dieser Jemand hereingekommen ist, begreife ich nicht. Eine Tür ist nicht zu erkennen. Obwohl es doch eine geben muss.

Also von oben? Irgendwo da oben muss der Ausgang sein. Ich muss da hochkommen, dahin, wo ich trotz des Lichts und wegen des Lichts nichts erkennen kann. Vielleicht ist irgendein Gerät lautlos von da oben heruntergekommen?

Nein, warte. Da. An der Wand dahinten, der zweiten, an der ich entlanggegangen bin. Da zeichnen sich im Vinyl Linien ab. Sie bilden ein Rechteck. Hochkant. Das muss die Tür sein. Das ist mein Ausgang. Siegessicher klatsche ich in die Hände. Und als ich das tue, sehe ich, dass die Ärmel meines beigefarbenen Schlafanzugoberteils voller dunkler Flecken sind. Getrocknetes Blut. An beiden Armen.

Ich bin verletzt worden. In der Nacht. Irgendwie.

9

Ich gehe hinüber zum Bett, setze mich und knöpfe das Oberteil schnell, aber vorsichtig auf. Von oben bis unten. Streife es ab. Jetzt bin ich ungeschützt, entblößt; falls ich beobachtet werde – und bestimmt sieht jemand zu –, präsentiere ich mich halb nackt. Darauf kommt es längst nicht mehr an. Sie haben mir schon beim Pinkeln zugesehen. Und ich bin ziemlich sicher, dass derjenige, der mich beobachtet, meinen Körper ohnehin sehr gut kennt.

Schließlich hat er oder haben sie meine Arme so zugerichtet.

Weit vorgebeugt, untersuche ich die Spuren, will sehen, wo das dunkle, angetrocknete Blut hergekommen ist. Die Verletzungen scheinen alt, deshalb bildet das Blut diese rostige Kruste, als hätte sich dunkelrote Erde auf dem Ärmel abgelagert. Schwach, gerade noch so, erkenne ich an beiden Armen Einstiche.

Mir ist etwas gespritzt worden.

Also *so* haben sie mich hierhergekriegt. Jetzt verstehe ich. Wer eine gesunde junge Frau komplett abschießen will, und zwar so, dass er ihren schweren, bewusstlosen Körper aus ihrem Schlafzimmer tragen und sie kilometerweit, vielleicht sogar viele Kilometer weit wegbringen will, ohne dass sie es mitbekommt, braucht eine gefährlich große Menge Xan und Val und vielleicht sogar Rohypnol. Wenn sie in einen komplizierten Escape-Room, ein Gefängnis oder ein Krankenhausuntergeschoss transportiert werden muss oder in irgendein abgedrehtes altes Haus, das zu einem sadistischen Labyrinth umgebaut worden ist, dann muss sie total weg sein.

Wann hat das denn stattgefunden? Als ich das angetrocknete Blut abrubbele, kommen rund um die Einstiche blaue Flecken zum Vorschein, an beiden Armen. Das sind die Stellen, die ich – genauso weich – schon beim Aufwachen ertastet habe. Bei genauerem Hinsehen zeigt sich, dass die Flecken bereits verblassen, orange-grau sind sie, mit nur noch ein paar blauen Einsprengseln. Es sind blaue Flecken, wie man sie nach einer schlecht gemachten, einer sehr tief gehenden oder sehr schnell gesetzten, weil dringend nötigen Injektion bekommt, nur eben schon ein paar Tage alt. Neben dem offensichtlich alten Blut weisen also auch diese Flecken darauf hin, dass das Ganze mehrere Tage zurückliegt.

Demnach könnte ich mich schon eine Woche in diesem stillen Raum befinden. Oder vielleicht war ich, bevor ich hierhergebracht wurde, noch irgendwo anders?

Mir kommt ein gruseliger Gedanke. Was, wenn Jake und Myles unter einer Decke stecken? Myles kann schon lange sauer gewesen sein, weil ich nur dieses eine Mal mit ihm geschlafen, ihn dann zurückgewiesen und mir seine immer drängenderen, nervigen Anrufe verbeten habe. Jake dagegen kann jetzt sauer sein, weil ich mit Myles geschlafen habe. Einmal. Einmal nur! Trotzdem, wenn er wollte, könnte der kühle, stets logisch vorgehende, aber auch irgendwie düster-emotionale Jake schon diesen einen Seitensprung schlimm genug finden. Ich habe den lauernden Zorn in seinem Blick gesehen. In diesen eisblauen Augen.

Ich kann mir genau vorstellen, wie die beiden sich getroffen haben. In der schummrigen Bar, die sie beide so mögen, gleich bei der Kirche, der Bar mit dem guten Wein und der gechillten Musik. Ich sehe sie vor mir, wie sie beisammengesessen und Rotwein getrunken haben, die Freunde aus Uni-Zeiten, einer superschick, der andere nicht, beide sehr klug, beide sehr erfolgreich. Sehe vor mir, wie sie sich einen angetrunken haben – sie haben sich immer zusammen betrunken, auf ihre Art, bei schlauem Gerede –, und vielleicht haben sie bei diesem Besäufnis angefangen, sich über mich auszutauschen, und dann hat Myles es irgendwann gebeichtet, oder Jake hat gesagt, dass er es längst wusste (woher?), und dann haben sie die Sache ausgebrütet. Vielleicht hat Jake gesagt: *Wir haben beide Grund, sie zu hassen, vielleicht sollten wir zusammen etwas planen?*

Die Vorstellung tut weh. Sehr, sehr, sehr. *Zusammen*. Ja. Natürlich. Zusammen. Sie sind beide klug, einfallsreich, innerlich stark, und sie haben unterschiedliche Fähigkeiten zu bieten. Jake höre ich sagen: *Ich beschaffe die Medikamente, die Spritzen und Tabletten*, und Myles, wie er antwortet: *Ich weiß, wo wir sie hinbringen, ich habe ein paar neue Escape-Rooms, kein Mensch wird darauf kommen, dass sie da ist.*

Zusammen.

Der Gedanke ist beunruhigend naheliegend. Ich versuche, ihn zu vergessen, ich muss pragmatisch bleiben, darf mich nicht in Ängsten verlieren.

Was kann mein nackter Körper mir noch sagen?

Ich lasse auch den letzten Rest Scham fahren und schiebe die Hose nach unten, bis ich ganz nackt bin, aber gerade als ich das zweite Hosenbein vom bloßen Fuß schüttele, erlischt das Licht, und ich stehe wieder inmitten von undurchdringlichem, ewigem Schwarz.

Erneut ist der Raum so dunkel wie still. Ich höre nur meinen eigenen gequälten Atem und sehe meine graue Hand nur, wenn ich sie mir millimeternah vor die aufgerissenen Augen halte.

Aus dem Nichts fällt mir plötzlich die Zeile aus diesem Song ein.

Hello darkness my old friend.

Das habe ich nie verstanden. Wie kann Dunkelheit ein Freund sein? Jetzt begreife ich es plötzlich. In gewisser Weise ist die Dunkelheit jetzt mein Freund: Sie umgibt mich, sie hüllt mich ein, ich muss keine schlimmen Sachen sehen. Ich muss meinen nackten Körper nicht zu Ende anschauen, muss nicht noch mehr entdecken, das sie mir angetan haben könnten. Dinge, die ich nicht spüre, die ich aber sehen müsste. Angetrocknetes Blut zum Beispiel.

Ich taste im Dunkeln nach dem Schlafanzug, schlüpfe hinein, knöpfe das Oberteil zu – und fühle in der Hosentasche einen harten Gegenstand.

Die Pu-der-Bär-Uhr, die fröhlich vor sich hin tickt in Richtung Morgengrauen ...

Ich kann nicht einfach herumsitzen. Ich muss hier raus. Wo war noch diese Tür?

Hastig springe ich auf und laufe auf die rückwärtige Wand zu. Ich habe den Raum gesehen und weiß, dass nichts da ist, über das ich stolpern könnte, daher kann ich mich freier bewegen.

Hier. Hier ist es. Das weiche Vinyl an der kürzeren Wand. Ich lege beide Hände auf die glatte Oberfläche und befühle sie in alle Richtungen, und dann, tatsächlich, da. Ich habe den Spalt, einen Einschnitt in dem weichen Material. Aber er ist eng, der Versuch, die Fingerspitzen hineinzuschieben, schlägt fehl. Nein, das funktioniert nicht. Zu fest. Und ich habe keinerlei Werkzeug, um den Spalt zu weiten.

Blind vor Dunkelheit, hocke ich mich hin und folge dem Verlauf des Einschnitts mit den Fingern, er reicht bis zum Boden hinunter. Wie man es bei einer Tür vermuten würde. Wenn ich das Gleiche in die andere Richtung mache, werde ich zum selben Ergebnis kommen. Das ist eine Tür. Aber wie sie sich öffnen lässt, ist nicht zu erkennen. Kein Knauf, keine Klinke, kein Scharnier. Und der Spalt an der

Oberkante liegt zu hoch, für mich außer Reich- und Sichtweite.

Ich trete einen Schritt zurück und stemme die Hände in die Hüften. Wütend, genervt, frustriert, voll dunkler Ahnungen. Und die ganze Zeit höre ich die kleine Uhr ticken. Höre die Sekunden vergehen, die, zusammengenommen, zu einem schwarzen Tag werden. Wie komme ich da hinauf?

Natürlich. Das Bett. Aufgeregt, wild entschlossen, durchquere ich den dunklen Raum erneut. Das Bett steht auf Rollen. Das dürfte nicht schwer sein. Und tatsächlich, das Bett lässt sich leicht ziehen, weich und geräuschlos gleitet es auf gut geölten Messingrollen über den Boden, bis hinüber zu der Wand mit der Tür. Ich steige hinauf, richte mich auf und recke die Arme nach oben. Und ich bin sicher, das ist die Lösung, diesen Teil des Escape-Rooms habe ich geknackt. Von Anfang an war es so gedacht, dass ich das Bett benutzen, es hier herüberbringen soll, das ist die einzige Möglichkeit. Genau so funktionieren Escape-Rooms; wenn man endlich kapiert hat, welches die einzig logische Methode ist, muss man sie anwenden. Das Bett *sollte* bewegt werden.

Ungeduldig befingere ich den Spalt, der die Oberkante der Tür bildet, nur geht es nicht, nicht richtig.

Auch hier ist der Einschnitt viel zu eng. Ich kriege die Finger nicht dazwischen. Immer wieder versuche ich es, über die ganze Breite. Nein. Hier geht es nicht rein. Ich habe die Aufgabe nicht gelöst.

Mein Mund ist trocken vor Anspannung. Und Verzweiflung. Jetzt sitze ich endgültig fest.

Ich unterdrücke einen frustrierten Aufschrei, hüpfe vom Bett herunter und entferne mich, voller Wut und Angst und sofort fieberhaft überlegend, ein paar Schritte.

Natürlich, der Teil des Bodens, der vorher verborgen war, liegt jetzt, da das Bett weggerollt ist, frei. Und ich stürme so vorwärts, dass ich es zu spät sehe. Mein nächster Schritt geht in ein gähnendes Loch, und ich falle nahezu senkrecht in die Tiefe.

Oooh.

Verzweifelt fuchtele ich mit den Armen, kralle mich im Sturz mit beiden Händen am Rand des Loches fest. So finde ich für einen Moment Halt, wobei meine Füße ins Leere strampeln. Es ist so schrecklich! Keine Ahnung, wie tief ich noch fallen werde und was mich da unten erwartet. Da ist es anscheinend noch dunkler als hier. Ich könnte mich zu Tode stürzen. Möglich, dass ich in hundert Metern Tiefe auf eine Betonfläche pralle. Zweihundert Meter unter mir. Einen Kilometer. Wer weiß?

Vielleicht falle ich, wenn ich den Halt verliere, in einen unendlichen Raum, durch den ich für immer und ewig trudele, bis ich verdurstet oder an Sauerstoffmangel zugrunde gegangen bin.

Meine Hände krallen sich an den Rand des Loches, das tut weh, und es ist aussichtslos. Sie rutschen. Das Vinyl ist weich und glatt, und mir bricht vor Angst der Schweiß aus. Halt dich fest. Halt dich fest! Ich trete um mich, so fest ich kann, versuche, Schwung zu holen, irgendwie einen Auftrieb zu erzeugen. Einen Ellbogen über den Rand zu kriegen, würde schon reichen, besser noch beide und dann einen Arm, dann könnte ich mich aus dem Loch heraushieven. Das kann ich schaffen, ich werde nicht fallen.

Hoch, hoch, hoch, Stück für Stück, es gelingt immer besser. Meine Finger sind schweißnass und rutschig, aber ich bin fit, ich habe Kraft, wozu rackere ich mich im Fitnessstudio ab, ich werde hier rauskommen. Ich muss einen Ellbogen über den Rand kriegen, dann ein Bein anwinkeln, den Knöchel hoch und über den Rand schwingen, und dann kann ich mich irgendwie ganz herauswinden.

Nein, kann ich nicht.

Meine Hände sind zu schwitzig. Das Vinyl ist zu glitschig.

Ein schmerzhafter Ruck geht durch die Schulter, als meine rechte Hand abrutscht; und dann gleitet, natürlich, es ist einfach zu viel Gewicht, auch die Linke abwärts und sackt herunter, und nun falle, falle, falle ich ins schwarze Nichts.

10

Im Garten sind Aliens. Gekommen sind sie anscheinend mit großen weißen Raumschiffen, die geformt sind wie Larven. Pulsierend wie Maden, nur eben viel größer. Nancy zeigt mir ihr neues Lieblingsspielzeug, eine Art übergroße Wespe, die piept, statt zu summen. Ich will sie nicht sehen. Ich habe Angst, sie könnte Mitzi den Hund umbringen.

Mein Mann atmet schwer an meinem Hals, und als ich den Kopf drehe, sehe ich ihn lächeln und die Achseln zucken.

»Warum atmest du so schwer?«

»Tu ich nicht«, sagt er, aber seine Stimme ist schwach, brüchig, halb erstickt.

»Warum sind diese Verrückten da im Garten?«

»Sind sie nicht.«

Nancy legt die Wespe auf den Boden, doch die hört nicht auf zu piepen. Wer hat ihr so ein Horrorspielzeug geschenkt? War ich das? Mein Gewissen regt sich.

Immer noch laufen die Aliens im Garten herum, sie bewegen sich sehr langsam. Ich glaube, dass es unser Garten ist, aber es könnte auch ein anderer sein. Die Aliens haben kugelförmige Glasköpfe, in deren Innerem es dunkel ist. Das Gehirn kann ich nicht sehen. Haben sie ein Gehirn? Ich will, dass sie verschwinden, und ich will, dass sie das Piepen mitnehmen.

»Mach, dass sie verschwinden«, sage ich zu Jake. »Mach, dass sie verschwinden, sie haben hier nichts zu suchen. Ich will Nancy Tee machen.«

Jake spuckt auf das Gras. Es sieht aus wie Blut. Ist er krank? Er dreht sich zu mir um und lächelt, und auch seine Zähne sind rot von Blut, aber das scheint ihm nicht bewusst zu sein, und jetzt füllen sich auch seine Augen mit etwas Rotem, wie in einem Vampirfilm, nur schlimmer, mein Mann hat einen blutverschmierten Mund und Blut in den Augen, und die riesige Wespe hört nicht auf zu piepen, und jetzt scheint sie zum Leben zu erwachen, und ich sehe, dass sie an Schläuche und Drähte angeschlossen ist, und sie starrt mich an. Und dann höre ich Nancy schreien: »Wach auf, Mami, wach auf, wach auf, wach auf, Mami, ich bin allein!«

Und ich wache auf.

Mein Herz klopft nach diesem schrecklichen Albtraum so wild, dass es wehtut: ein fettes Hämmern tief in der Brust. Als sei ich irgendwo im Innern operiert worden und die Wunde pulsiere noch.

Ich bin aufgewacht, und natürlich ist es dunkel. Genauso dunkel wie zuvor. Auch im Gesicht tut mir etwas weh. Irgendwo weiter unten am Körper ebenfalls. Ein seltsamer Geruch hängt mir in der Nase, keine Ahnung, was das ist. Die Luft ist stickiger als vorhin.

Wo bin ich?

Mir fällt ein, dass ich gestürzt bin. Mehr nicht.

»Mami, Mami, Mami, das darfst du nicht, lass mich nicht allein.«

Nancys Stimme. Wieder. Und diesmal echt. So echt wie alles in dieser fürchterlichen Nacht.

»Nancy!«, schreie ich.

Keine Antwort.

»Nancy, ich bin da. Hab keine Angst. Ich schaffe es hier raus. Ich komme und rette dich. Lass sie nicht an dich heran!«

Mit einer Antwort rechne ich nicht, und ich bekomme auch keine. Was ich zu hören bekomme, ist eine weitere tiefe Stimme, diesmal die einer Frau.

»Sie wird die Nacht nicht überstehen. Stellen Sie sich lieber darauf ein.«

Wieder packt mich schreckliche Angst. Ich sträube mich dagegen. Strenge mich an, logisch zu denken. Zu überlegen, wo ich bin und wie ich hier rauskomme.

Auch diese Stimme scheint von oben zu kommen – eher seitlich von oben. Kein Zweifel, es ist eine neue Person, die da spricht. Eine neue Person, und ich finde sie nicht, denn ich bin jetzt in einem anderen Escape-Room. So funktioniert das, man bewegt sich von Raum zu Raum. Das Problem ist, dass ich es falsch gemacht habe, es war so dunkel. Offensichtlich *sollte* ich herausfinden, dass die einzige Stelle, an der es noch einen Ein- oder Ausgang geben konnte, unter dem Bett war, ich *sollte* das Bett bewegen, das Loch entdecken und mich auf die darunterliegende Ebene begeben. Da muss ich jetzt sein.

Vielleicht lagen in den Aussparungen oben in den Wänden Seile oder Strickleitern? Ich habe da überhaupt nicht nachgesehen. Warum nicht? Dann hätte ich mich abseilen können, hätte, ohne zu stürzen, hier unten ankommen können, ohne bewusstlos zu werden.

Das war's also, was ich hätte tun sollen. Stattdessen war ich total aufgeregt wegen der sogenannten Tür, und als es damit nichts wurde, kam die Wut. Und so bin ich, statt mich vorsichtig herunterzulassen, gefallen und übel aufgeschlagen, und nun liege ich bäuchlings auf etwas, das eine härtere Matratze – oder ein härteres Bett – zu sein scheint, und drücke die Nase in ein viel zu dünnes Kissen.

Meine ganze Vorderseite schmerzt. Ich muss geradewegs auf diesem harten Bett gelandet sein, wenn es denn ein Bett ist, vielleicht ist es eher ein Futon oder einfach eine Matratze. So oder so, der Aufprall hat gereicht, dass ich ohnmächtig geworden bin.

Nun umgibt mich wieder tiefste Dunkelheit. Ich bin allein. Unter leichtem Ächzen, weil mir – wohl von dem Sturz – wirklich alles wehtut, drehe ich mich um und beginne, meine unmittelbare Umgebung zu erkunden, indem ich sie abtaste. Die Matratze ist bestimmt drei Meter breit. Und sie gehört tatsächlich zu einem Bett. Ich strecke eine Hand in das dunkle Grau unter mir und finde den Fußboden. Kein Vinyl diesmal, sondern eher Holz. Gut, dass ich nicht direkt da gelandet bin, ich hätte mir das Genick brechen können. Das Bett hat mich gerettet.

Gerettet?

Was fällt mir ein? Ich bin kein bisschen gerettet, ich sitze immer noch fest. Nur sitze ich jetzt in einem anderen unheimlichen, dunklen, stillen Loch und fange wieder bei null an. Muss mich durch den Raum bewegen, die Grenzen erkunden, Hinweise finden – und wie viel Zeit bleibt mir noch?

Bei Tagesanbruch würde sie sterben, hieß es. Ich kann das Wort ruhig denken. Sterben. Meine Tochter. Sie wird die Nacht nicht überstehen. *Stellen Sie sich lieber darauf ein.* Wann? Wie viel Zeit bleibt mir?

Rasch greife ich nach dem kleinen harten Ding, das da in meiner Tasche so unermüdlich tickt. Die Pu-der-Bär-Uhr.

Sie ist nicht da.

Ich habe sie verloren. Sie muss während des Sturzes herausgefallen sein, sie kann überall und nirgends liegen, und ich habe keine Ahnung, wie lange mir noch bleibt, bis das Schreckliche passiert.

»Nein«, sage ich laut, egal, wer mich hört. »Nein, nein, nein.«

Ängstlich taste ich über das große Bett, hierhin und dahin, immer in der Hoffnung, sie vielleicht – vielleicht – zu finden. Wenn sie mir aus der Tasche gefallen ist, muss sie doch irgendwo sein. Aber natürlich kann sie sonst wo liegen, das ist sinnlos. Ich bin den Tränen nahe.

Es ist nicht sinnlos, und ich muss nicht weinen.

Ja! Da, am anderen Ende des Bettes, da ist sie. Von dort kommt das leise Ticken.

Ich reiße sie an mich und halte sie mir dicht vors Gesicht, sodass ich trotz der nahezu undurchdringlichen Dunkelheit erkennen kann, wie spät es ist.

Die Zeiger über Pus Gesicht sagen, es ist vier Uhr. Demnach war ich an die drei Stunden bewusstlos. Vielleicht zwei Stunden bleiben mir noch.

11

Ich springe auf und starre ins Nichts.

Es hilft nichts, ich muss ganz von vorn anfangen, muss in schwärzester Dunkelheit einen neuen Raum erforschen und versuchen zu ignorieren, was aus dem Lautsprecher irgendwo da oben Unheimliches verkündet wird.

Nancy. Zwei Stunden.

Nancy!

Die Hände nach vorn gestreckt, entferne ich mich Schritt für Schritt von dem Bett. Was ich diesmal wohl finde? Werde ich minuten- oder tagelang gehen und nie auf eine Wand stoßen? Nein, das ist genauso absurd. Ich befinde mich nicht in einem Paralleluniversum, das hier ist eine Flucht komplizierter Escape-Rooms, da bin ich sicher. Es ist das Werk von Myles Westwater, absolut typisch für ihn.

Noch ein Schritt. Und noch einer. Das Holz ist kühl unter meinen nackten Füßen. Und es ist besser als das Vinyl, denn so muss ich nicht mehr denken, dass ich in einer Gummizelle stecke. Blind greifen meine Finger ins Leere, in lauwarme, abgestandene Luft. Was ist das für ein komischer Geruch? Beißend wie Essig oder vielleicht ein starkes, krankenhaustaugliches Putzmittel. Als sei der Raum erst kürzlich für mich zurechtgemacht worden.

Bei diesem Gedanken zucke ich zusammen. Schrecken im sowieso Schrecklichen: Ich sehe vor mir, wie Jake und Myles hier alles herrichten, wie sie mein Gefängnis ausstaffieren, mich mit Medikamenten abschießen und meinen leb- und bewusstlosen Körper hierherschleppen, um ihren Racheplan, der genauso verrückt wie ausgefeilt ist, in die Tat umzusetzen. Und das Schlimme ist, dass ich es ihnen tatsächlich zutraue, dem einen wie dem anderen. Sie sind so schlau, alle beide, viel schlauer als ich.

Am liebsten würde ich aufgeben, kapitulieren, meine Niederlage eingestehen.

Aber was heißt Niederlage? Tod. Niederlage heißt, ich komme nie hier raus. Und ich werde Nancy nicht retten.

Geh weiter, na los, na los, mach schon, einfach noch mal von vorn. Setz einen Fuß vor den anderen, halt die Hände ausgestreckt.

Es ist schwer, aber ich tue es. Meine Fingerspitzen vibrieren vor Anspannung, vor düsterer Vorahnung, vor Angst. Und jetzt – ja. Da ist etwas, ich habe die Wand gefunden. Zumindest eine Wand, ungefähr fünf Meter vom Bett entfernt, was bedeutet, dass dieser Raum wohl viel größer ist als der andere.

Aber was berühre ich da? Es ist kalt, metallisch. Hier drin kommt es mir, falls das möglich ist, noch dunkler vor als im ersten Raum, daher sehe ich selbst dann kaum etwas, als ich das Gesicht nahe an die Fläche heranbringe.

Warum ist diese Oberfläche so kalt? Ist das Metall? Vorsichtig lehne ich die Wange dagegen. Die Kühle ist seltsam – aber nicht unangenehm. Außerdem ist die Wand unglaublich glatt, makellos, sie fühlt sich neu an, modern. Ich löse die Wange davon und klopfe stattdessen mit den Fingernägeln dagegen. Ein helles Ticken. Diese Oberfläche ist hart.

Ich fahre mit der Hand darüber und stelle fest, dass sie sich nicht verändert. Die glatte, metallische Wand reicht hoch und erstreckt sich weit in beide Richtungen. Diesmal muss ich mich beeilen, ich kann nicht Stunden damit zubringen, den Raum zu erforschen, diese Stunden habe ich nicht. Ich muss mich zusammenreißen, den entscheidenden Hinweis finden, in den nächsten Raum gelangen.

Als Erstes aber muss ich die nächste Wand erreichen, wo auch immer sie ist.

Zunächst bewege ich mich nach links. Die Wand geht weiter. Die Dunkelheit erzeugt Druck auf den Augen, und die Stille drückt auf die Ohren, ich komme mir vor wie unter Wasser. Ganz schwach höre ich Meeresrauschen, wie früher als Kind, wenn ich mir eine Muschel ans Ohr gehalten habe, und ich glaube, es ist die gleiche auditive Täuschung. Was ich höre, ist das Rauschen des Blutes in meinen Gefäßen; es kommt als Echo zu mir zurück. Das macht die Stille. In diesem neuen Raum ist es so still, dass ich das Innere meines Körpers arbeiten höre.

Auch meinen Herzschlag höre ich. Er beschleunigt sich. Dem eigenen Herzschlag zu lauschen macht mir Angst, aus der Angst wird Panik, und die lässt mein Herz nur noch schneller schlagen. Ich bin in einer Flucht stiller dunkler Räume gefangen, und ich werde sterben!

Mach die Augen zu. Beruhige dich. Und während ich langsam runterkomme, begreife ich: Es ist fast egal, ob ich die Augen schließe oder offen halte, die Umgebung bleibt gleich. Vermutlich ist es sogar besser, die Augen zuzumachen, denn dann erzeugt mein Gehirn Farben: tanzende kleine Kleckse, Diademe aus Licht, optische Täuschungen, hervorgebracht vom Blut in meinen Adern und dem Druck der fest geschlossenen Lider. Behalte ich die Augen zu, ist die Welt schöner: reicher, lebendiger. Und mit geschlossenen Augen tagträumt es sich leichter, kann ich mir eher vorstellen, ich wäre woanders, vielleicht mit meiner Mutter und Nancy im Garten, unterm Kirschbaum, und Mitzi der Hund jagt eine Wespe – eine noch frische Erinnerung. Wo war das? Wann war das? Nancy hat mich nach Lieblingssachen gefragt, das macht sie oft. *Was ist dein Lieblingstier, Mami?* Hund. *Was ist deine Lieblingsfarbe, Mami?* Violett. Sie hat nach meinem Lieblingsduft gefragt. Flieder. Nach sämtlichen Lieblingssachen hat sie gefragt, und wir haben gelacht und gesungen, und meine Mutter hat versucht, ihr ein Lied beizubringen, einen uralten Popsong.

Wo ist deine Mama hin. *Where's Your Mama Gone.* Wo ist dein Liebster hin. *Where's your baby gone.*

Nancy hat immer den Chorus gesungen: weit, weit weg. *Where's Your Mama Gone? Far, far away.* Ich habe gesagt, dass ich lieber Mozart höre: Da-da-da, da-da-da, da-da-*da-da.*

Jetzt irritiert mich die Erinnerung, denn mir fällt in diesem Fragment aus der Vergangenheit noch etwas anderes auf. Meine Mutter sieht mich komisch an. Gespannt. Als würde mit mir etwas nicht stimmen oder als hätte ich ihr irgendetwas Schlimmes getan.

Ein verwirrender Gedanke. Schrecklich. Kann es sein, dass meine Mutter in das alles hier verwickelt ist? Nein, auf keinen Fall. Sie ist einer der liebsten Menschen, die ich kenne. Nancy ist ihr Augenstern, und nie im Leben würde sie mir schaden. Aber vielleicht hat sie gespürt, dass mir irgendwas droht, vielleicht hatte sie Angst, war hellhörig, wachsam und wollte mich warnen. Könnte es so sein?

Ich habe ein Gefühl, als würde etwas heilen. Das leichte Kribbeln im Kopf hat nichts mit dem Sturz zu tun, eher ist es, als fange eine seelische Wunde an, sich zu schließen. Mein Verstand fügt die Puzzleteile zusammen, ich schaffe das. Ich kann dieses unheimliche Rätsel lösen. Meine Mutter wusste, dass etwas passieren würde? Woher? Und was genau wusste sie?

Da, meine Hände, sie strecken sich wieder nach vorn. Doch dann stoße ich auf die Ecke, die mich zur nächsten

Wand führt, und schon verlässt der Mut mich wieder. Die Ecke ist keine richtige Ecke, es ist eine Biegung.

Eine weit geschwungene Wölbung, und das heißt, der Raum ist nicht rechteckig. Aber nicht nur das irritiert mich, sondern vor allem das Licht, das ich plötzlich sehe, sehr, sehr schwach, gleich hinter der Wand. Dahinter.

Ich befinde mich in einem Raum mit Wänden aus dunklem Glas.

12

Nicht alles im Raum besteht aus Glas, der Boden ist nach wie vor hölzern, das spüre ich unter den nackten Füßen. Die Wände allerdings, ja, die sind sämtlich aus Glas, sehr dunklem Glas, das glatt ist und trüb, und sie ragen hoch auf, wie hoch genau, kann ich in der Dunkelheit nur mutmaßen. Wie schon im vorigen Raum ist die Decke so hoch, dass ich sie nicht sehe.

Und jenseits des Glases erkenne ich kleine bronzefarbene Lichtflecken, als würden dort, sehr langsam, Leute hin und her gehen, Leute mit Taschenlampen. Wie Taucher, die sich durchs Wasser bewegen.

Die Gestalten gleichen denen aus meinen Träumen, dem furchtbaren Albtraum, aus dem ich gerade erst erwacht bin. In dem die Aliens mit den Glasköpfen sich so unendlich langsam durch den Garten bewegt haben, in dem meine Mutter mich komisch angesehen und meine Tochter mich so fröhlich und lebhaft ausgefragt und *Where's Your Mama Gone* gesungen hat. *Where's Your Mama Gone.*

Far, far away.

Far, far away.

Meine Hand folgt der Wölbung der Wand, und ich setze die Erkundung fort, etwas schneller jetzt, entschlossener. Die Pu-der-Bär-Uhr sagt mir, wie die Zeit verrinnt, Sekunde um Sekunde. Wenn der kleine Zeiger auf Pus Tatze im Honigtopf steht, wird es sieben sein und zu spät. Also muss ich mich beeilen, muss die Hinweise finden, beweisen, dass ich es schaffe.

Autsch.

Ich habe mir das Schienbein gestoßen und strecke die Hand nach unten ins Dunkle, um zu ertasten, was da ist. Vorstehende Stangen offenbar oder Rohre aus Metall, daran befestigt ein glatt gespanntes Viereck aus Segeltuch, weitere Stangen, die abwärtsführen, vier Stück. Außerdem ragen zwei hoch, und zwischen denen ist ein weiteres Stück Segeltuch befestigt, jedenfalls ein Material, das sich für meine blinden Finger anfühlt wie Segeltuch.

Während ich die Stoffteile abklopfe, dämmert mir, was das ist: ein Stuhl.

Dass ich minutenlang brauche, um zu begreifen, dass ich einen einfachen Stuhl aus Stoff und Metall vor mir habe – eine Art Camping- oder Picknickstuhl –, scheint absurd, aber genauso verhält es sich. Es ist, als müsste ich von den Grundelementen ausgehen, mein sensorisches Wissen ist gleich null, deshalb muss ich alles gedanklich konstruieren. In diesem Raum mit den Glaswänden befindet sich ein Stuhl. Vielleicht ist der Stuhl ein Hinweis.

Ich sollte ihn bewegen. Mich draufstellen. Draufsetzen. Irgendwas.

Bevor ich irgendetwas davon tue, werde ich erst einmal weitergehen. Was von dem stillen, dunklen Raum – zumindest seinen Rändern – noch kommt, unterscheidet sich nicht von dem, was ich bereits kenne. Glatter Holzfußboden. Hohe, womöglich unendlich hohe Wände aus dunklem Glas. Es folgen eine weitere Biegung und eine lange Wand gegenüber der ersten sowie noch eine Biegung.

Und das?

Hände nach unten, Hände überallhin. Diesmal komme ich viel schneller dahinter. Es ist ein zweiter Stuhl. Und auf der horizontalen Fläche dieses Stuhls liegen ein paar kleine Plastikflaschen und mehrere Müsliriegel, jedenfalls etwas, das sich so anfühlt.

Ich habe großen Durst, ich bin hungrig, und ich habe aus dem ersten Mal gelernt. Diese Gelegenheit werde ich mir nicht entgehen lassen. Vorsichtig nehme ich die Wasserflaschen – wenn es denn Wasserflaschen sind – von dem Stuhl und stelle sie auf den Holzboden. Ebenso die Päckchen, die sich wirklich wie Müsliriegel anfühlen. Wie diese Teile, die Wanderer und Bergsteiger immer bei sich haben. Nährstoffreich und süß. Lecker.

Dann setze ich mich vorsichtig auf den Stuhl, nicht sicher, ob er mein Gewicht tragen wird, wie ich überhaupt in nichts sicher bin. Nur darin, dass in Stille und Dunkelheit die Zeit vergeht.

Also schnell einen Schluck trinken.

Ich taste im Dunkeln, bis ich zwei Flaschen gefunden habe, schraube eine auf, schnuppere am Inhalt. Er riecht nach gar nichts. Das muss Wasser sein, oder? Vielleicht ist es auch Gift oder eine Droge oder eine radioaktive Substanz – mir ist längst alles egal, der Durst ist übermächtig. Ich setze die Flasche an, lege den Kopf zurück und trinke.

Es ist Wasser. Etwas schal vielleicht, etwas wärmer, als ich es mag, aber trotzdem herrlich erfrischendes Wasser. Binnen Sekunden habe ich die eine Flasche ganz, die zweite fast geleert, dann sichere ich die zweite mit dem Verschluss. Nur für den Fall. Den Rest hebe ich mir auf.

Nun das Essen. Ich stelle die Flasche ab, packe die Riegel, oder was es auch ist, hastig aus und schnuppere an der Folie. Ja, Müsliriegel, Früchte, Nüsse, Schokoladensplitter. Eigentlich ganz normale Snacks, aber jetzt: süß und sehr befriedigend. Super. Ich brauche Energie. Schon geht es mir besser.

»Also haben Sie Hunger.«

Das Blut gefriert mir in den Adern. Der letzte Riegel gleitet mir aus der Hand.

Die Stimme einer Frau. Leise, freundlich, ruhig. Und sie kommt direkt von der anderen Seite des Raumes, von da, wo der zweite Stuhl steht. Aus der gegenüberliegenden dunklen Ecke. Auf diesem Stuhl sitzt jemand und spricht mich quer durch den Raum an.

»Hallo?«, sage ich. »Hallo.«

»Im Eingangsbereich steht ein Automat, da gibt's was zu essen. Sie sind schon lange hier. Sie haben wenig geschlafen. Vielleicht sollten Sie da jetzt mal hingehen, meinen Sie nicht?«

»Ja!«, rufe ich aus. Da ist jemand. Eine Frau. Wie ist sie hier reingekommen? Als sie wieder anfängt zu reden, falle ich ihr ins Wort. »Ja, ich bin schon lange hier. Ich will hier weg. Helfen Sie mir, bitte! Wie komme ich hier weg?«

»Machen Sie sich seinetwegen keine Sorgen. Es wird offen sein.«

»Wie bitte?« Ich fuchtele verzweifelt herum, bin den Tränen nahe. Wird diese fremde Frau mir helfen? Wer ist sie? Wer ist es, die da im Dunkeln sitzt und mich quält, indem sie auf mich einredet?

»Weinen Sie nicht, Mrs Maven, bitte, weinen Sie nicht.«

Mrs Maven? Das ist mein Name! Zum ersten Mal hat mich hier jemand beim Namen genannt.

»Ich weine nicht! Ich weine überhaupt nicht! Sie wissen, wer ich bin! Helfen Sie mir!«

Und ich weine doch. Dass mein Name gefallen ist, war zu viel. Sie wissen, wer ich bin, und sie wissen, warum das hier mit mir geschieht, aber wer sind sie? Ist es wirklich Jake oder Myles, oder sind es beide, oder steckt noch etwas ganz anderes dahinter?

»Wer sind Sie? Woher wissen Sie meinen Namen? Sagen Sie's mir!«

Darauf folgt Schweigen. Es ist still geworden in dem dunklen Raum. Und diese Stille ist unheilvoll, sie ist kaum zu ertragen. Doch dann spricht die Frau wieder.

»Viel mehr können wir nicht tun, das wissen Sie. Wir müssen ehrlich sein. Ihrer Tochter bleiben vielleicht noch ein, zwei Stunden, dann wird sie sterben. Wir werden unser Möglichstes tun, ihr Qualen zu ersparen. Es tut mir leid.«

»Nein, nein! Bitte, nein, halt!«

»Es tut mir leid. Bald ist es an der Zeit, Abschied zu nehmen. Von Ihrer Tochter. Wenn Sie sich dazu in der Lage sehen.«

»Nein!« Ich schreie wie eine Wahnsinnige. Springe auf, stürme quer durch den Raum, renne blindlings in die Dunkelheit – ich könnte erneut in ein Loch stürzen, aber das ist mir egal, ich will diese Frau erwischen, will sie schütteln, die Wahrheit herauskriegen, vielleicht auch mich rächen, und so durchquere ich den Raum und falle nicht in ein Loch. Ich schaffe es bis zur gegenüberliegenden Ecke, zu dem anderen Stuhl, und dort ist niemand. Ich klopfe auf nacktes Segeltuch, ich kippe den Stuhl um. Mit hellem Klappern schlägt er auf dem Holzboden auf. Wo ist die Frau hin? Sie muss entwischt sein. Wie haben sie das alles so hingekriegt?

Was ist das?

Ich hebe den Blick, bin alarmiert. Hinter dem Stuhl schimmert mattes Licht. Wieder ist das dunkle Glas nicht vollkommen schwarz. Diese glimmenden Kugeln schweben umher, nahe am Glas, aber auf der anderen Seite. Ich kicke den Stuhl aus dem Weg und dränge mich an das Glas, drücke das Gesicht an die glatte Wand.

Einen kurzen Augenblick lang ist alles grau und dunkel und schimmernd von einzelnen Lichtern, und dann ...

Da starrt jemand zurück. Starrt mich an. Aus zwei Zentimetern Entfernung.

Auf der anderen Seite des Glases lauert ein Monstergesicht und starrt mich unverwandt an. Ein groteskes Gesicht. Riesige Augen, ein breiter Mund, lachend oder spöttisch. Ein Ungeheuer. Und dann kommt das Gesicht noch näher, der Mund drückt sich gegen das Glas, als wollte die Gestalt mich ablecken, mich küssen, mich mit Speichel überziehen.

»Nein!«

Ich taumele zurück.

»Geh weg!«

13

Ich bin so erschrocken, dass ich rückwärtsstolpere und, wild um mich tretend und mit den Armen rudernd, zu Boden gehe. Als mein Kopf auf den Holzboden knallt, sehe ich in hell-silbrigen Funken den Schmerz über mir wie ein mitternächtliches Feuerwerk.

Für einen Moment bin ich wohl bewusstlos oder jedenfalls nahe dran. Wie eine graue Decke legt sich das Nichts über mich, doch dann katapultiert der heftige Kopfschmerz mich zurück in die Wirklichkeit.

Autsch.

Ich habe mir sehr wehgetan. Und mir noch mehr blaue Flecken geholt. Umgeben von Dunkelheit und Stille, liege ich da wie eine lädierte Puppe. Aber ich lebe. Vorsichtig schiebe ich die rechte Hand unter den Kopf und teste, ob ich Blut spüre. Verräterisches Nass. Heftig genug war der Sturz, das Krachen des Schädels auf Holz war nicht zu überhören. Bei der Erinnerung zucke ich zusammen. Könnte ich eine offene Wunde haben, eine Schädelverletzung? Ängstlich taste ich Stück für Stück Haare, Haut und Knochen ab: nichts. Da ist nichts Feuchtes. Kein Blut. Also kehre ich in die schreckliche Gegenwart zurück.

Dieses Gesicht. Wer war das?

Ich setze mich auf, stütze die Hände rücklings auf den Holzboden und starre in die alles umfassende Düsternis. Jegliches Licht ist erloschen. Hinter der Glaswand ist nichts mehr zu sehen. Was bleibt, ist einzig das gewohnte schwache Schimmern hier im Raum, ein sehr dunkles, silbriges Grau, das ungefähr so viel Licht spendet wie ein Stern in einer klaren, aber mondlosen Nacht. Vage kann ich – vielleicht – die Umrisse des Bettes erkennen, das ein paar Meter weiter steht. Wenn ich wirklich genau hinspähe. Oder ist das mein Verstand, erzeugt der Umrisse, von denen ich weiß, dass es sie geben muss?

Vielleicht war es mit dem Gesicht hinter dem Glas das Gleiche. Mein Verstand hat es herbeigezaubert, vielleicht war es schlicht eine Spiegelung meiner selbst? Das glaube ich nicht, und ich werde es nicht glauben. Das Gesicht war real, da bin ich sicher. Und es hat versucht, sich mir zu nähern.

Ich bin sicher, bin sicher, bin sicher. Aber wer das war und warum sie oder er an mich heranwollte, das kann ich nicht wissen. Vielmehr muss ich herausfinden, wie ich aus diesem zweiten Raum entkommen kann.

Trotz des dumpfen Schmerzes im Hinterkopf stehe ich auf. Ich bin etwas unsicher auf den Beinen, und natürlich habe ich kein Licht, aber ich bewege mich vorwärts. Ich will mir die Stelle, an der ich vorhin war, noch mal kurz ansehen. Wenn dort hinter dem Glas das Gesicht lauert, werde ich nicht zurückschrecken. Dann muss das eine Bedeutung haben. Vielleicht kann ich mit diesem irren, hässlichen Gesicht kommunizieren, ihm Fragen stellen. *Wo ist meine Tochter?*

Meine Hände berühren das kalte Glas, die makellos glatte Wand, die sich um mich herum wölbt. Wie ein vollendeter Käfig. Oder vielleicht eine vollendete Muschel?

Zum ersten Mal, seit ich vor Stunden in dieser düsteren Höllenlandschaft aufgewacht bin, frage ich mich, ob diese seltsamen dunklen Räume, die seltsamen Glaswände und Vinylböden mich womöglich gar nicht hier drinnen festhalten, sondern vielmehr vor etwas da draußen schützen sollen. Was, wenn meine Tochter und mein Mann und meine Mutter oder irgendeine Kombination aus meinen Lieben bereits in die Fänge von etwas geraten sind und ich als Einzige übrig bin?

Könnte sein, dass ich mich in einer Art schützender Verwahrung befinde. Einem sicheren Raum oder Panikraum und nicht in einem Escape-Room.

Aber wie ist es dazu gekommen? Ich habe nicht die leiseste Ahnung. Trotzdem muss es hier Hinweise geben. Jeder Raum hat eine Tür.

Das Glas, genau. Ich muss es noch einmal versuchen. Also lege ich die Hände links und rechts von meinem Gesicht flach an das Glas, richte den Blick auf die Wand und schaue hindurch. Und zugleich wappne ich mich innerlich, mache mich auf Hexen und Geister gefasst, auf dieses Ungeheuer von einem Gesicht, das zu mir zurückstarrt. Aus zwei Zentimetern Entfernung. Ein Gesicht, das sich bewegt wie beim Kaugummikauen, das über das Glas leckt, das versucht, mit seiner fetten roten Zunge an mich heranzukommen und mich abzulecken.

Da ist kein Gesicht. Und trotzdem sehe ich etwas. Dort drüben, im nächsten Raum, ist es praktisch genauso dunkel wie hier. Die glimmenden Lichter, die poetischen Gestalten von Tauchern oder ertrinkenden Aliens – sie sind verschwunden. Eine sich bewegende Gestalt erkenne oder erahne ich aber doch, eine Gestalt, die sich sehr schnell bewegt. Aber es ist kein Mensch. Es ist zu klein oder zu weit unten, als dass es ein Mensch sein könnte, zu schnell, irgendwie fremd, nicht menschlich. Wie ein Tier. Oder ein Ungetüm.

Die Vorstellung ist unheimlich, aber ich schaffe es, meine Ängste zu unterdrücken. Ich klopfe gegen das Glas. Was es auch ist, das da hin und her schießt, vielleicht kann ich es auf mich aufmerksam machen. Denn ich wüsste nicht, was ich sonst noch tun könnte.

»He!«, rufe ich. »Hallo!«

Schlage wieder mit der flachen Hand gegen das Glas, noch mal und noch mal.

»Hallo! Hilfe! Hilfe!«

Die Gestalt entfernt sich, verschwindet hoppelnd in der Dunkelheit. Ich schlage weiter gegen das Glas, ratlos, ohne Hoffnung.

»Hallo! Wer bist du?«

Jetzt drehe ich wirklich durch, ich rede mit einem ... Etwas hinter einer dunklen Glaswand, und inzwischen ist das Etwas noch nicht mal mehr da.

Doch dann kehrt es plötzlich zurück. Jetzt erkenne ich, dass es sich bewegt wie ein Hund. Ja – der Gedanke schält sich heraus wie ein wundervolles Geschenk aus buntem Papier –, jetzt sehe ich es, ganz deutlich, es bewegt sich wie unser Hund, unser geliebter Mitzi, eine Mischung aus Spaniel und Was-auch-immer und von Nancy und mir innig geliebt. Keine Ahnung, wie sie – sie – es geschafft haben, unseren süßen Hund herzubringen, aber mich haben sie schließlich auch hergebracht, und es sieht so aus, als hätten sie Nancy. Warum nicht den Hund?

Das ist ganz bestimmt Mitzi.

»Mitzi!« Wie besessen schlage ich gegen das Glas. »Mitzi, Mitzi, Mitzi!«

Die Gestalt erstarrt in der Bewegung. In dieser Dunkelheit ist das schwer zu sagen, aber es scheint, als reagiere das Wesen. Kann das wirklich Mitzi sein?

»Mitzi, ich bin's! Mitzi! Mami! Komm her, Süßer!«

Einen hoffnungsvollen Augenblick lang glaube ich, dass es funktioniert, dass der Hund mich gesehen, mich gehört hat, dass er gleich schwanzwedelnd angelaufen kommt, auf mich zu, in meine Nähe. Wenn ich sehe, dass er es wirklich ist, werde ich einen Freudenschrei ausstoßen, und er wird, wenn er sieht, dass ich es wirklich bin, dass ich Mami bin, freudig bellen, und dann wird er mich nach draußen führen, raus aus diesem Horrorkabinett. Genau.

»Mitzi, ich bin's! Mitzi!«

Und während ich noch schreie, erhebt sich die Gestalt, die nun gar nichts mehr von einem Hund hat, sondern einfach ein Etwas ist, ein sich bewegendes Etwas, in die Luft. Weiter und weiter weg bewegt es sich, das konturlose Ding, und dann ist es schließlich ganz verschwunden. Und ich bin allein. Wieder allein.

Und plötzlich spüre ich hinter mir Licht.

Ein Flackern.

14

Es ist eine Art Bildschirm. Wie ein leuchtender Fernsehschirm, aber in die Glaswand integriert. Eingebaut oder darauf projiziert. Zu sehen ist darauf nichts weiter als kriseliges graues Licht, weißes Rauschen in Form von Licht, tanzende Photonen aus Nichts, aber es ist auf unheimliche Weise beeindruckend. Eine technische Meisterleistung.

Wieder denke ich sofort voller Wut und Verzweiflung an Myles Westwater. Er fand es super, in seinen Escape-Rooms neueste Technik einzusetzen; sie sollten unbedingt topaktuell sein. Augmented Reality, Virtual Reality, digitales dies und das, Nachtsichtgeräte in dunklen Betonbunkern – er hat sich nur zu gern damit gebrüstet, das Konzept Escape-Room auf eine neue Stufe gehoben zu haben.

Und jetzt, da ich hier im Dunkeln stehe und auf eine glatte Glaswand starre, in die ein flackerndes, schimmerndes Rechteck aus Licht eingelassen ist, ein Fernsehschirm des Nichts, fällt mir einer der letzten Besuche von Myles bei uns ein. Vielleicht war es überhaupt der letzte, gerade erst vor ein paar Tagen. Myles saß an unserem großen Küchentisch – es gab ein unkompliziertes Essen, Risotto, Salat, Weißwein, einen schönen kalten Weißwein aus dem Norden Griechenlands –, erzählte von seinem jüngsten Projekt und gab an, was das Zeug hielt. Typisch.

Gerade bin ich mit den neuen Escape-Rooms fertig, kurz hinter dem Stadtrand, top ausgestattet, Hightech vom Feinsten. Ein altes Fabrikgebäude.

Dann hat er mich angesehen und sein gnadenlos attraktives Lächeln angeknipst. Als stehe er immer noch auf mich. So in etwa.

Ich hatte Sorge, dass Jake etwas mitbekommen könnte, aber Jake hat überhaupt nicht darauf geachtet. Seit Tagen schon war er blass, sah schlecht aus, müde, war abwesend, in Gedanken bei der Arbeit. Schnell lenkte er das Gespräch auf politische Themen. Myles und er haben immer gern über Politik geredet. Überhaupt haben sie gern debattiert. Manchmal hat Myles ihn über Neurologie ausgefragt, ihn provoziert, ausgequetscht – er war immer auf der Jagd nach neuen Ideen. Wie kriegt man den menschlichen Verstand dazu, etwas zu glauben?

Der Bildschirm flackert unentwegt weiter. Als habe er Empfindungen. Er pulsiert, es scheint in ihm zu sprudeln. Ob darauf je ein Bild zu sehen sein wird wie auf einem richtigen Fernsehschirm? Falls nicht, verstehe ich nicht, wozu er gut sein soll. Und alles ist zu irgendwas gut.

Jake. Und Myles. Sie verfügen tatsächlich über genau die Fähigkeiten, die es braucht, um das alles hier zu arrangieren. Von neurowissenschaftlichen Kenntnissen über das Wissen, wie sie mich bis ins Mark ängstigen können, bis hin zu privaten Details, die darauf zielen, mich ganz persönlich zu treffen und zu erschrecken.

An dem Abend, an dem Myles da war, bin ich früh schlafen gegangen. Ich war auch müde. Nicht in Form, genau wie mein Mann. Jake aber ist aufgeblieben und hat mit Myles Whisky getrunken. Bis in die Nacht. Worüber haben sie gesprochen, nachdem ich mich nach oben geschleppt hatte? Eine Weile habe ich die tiefen Stimmen noch leise von unten gehört – irgendwie beruhigend, aber nicht nur. Als ich, erschöpft, langsam weggesackt bin, haben sie immer noch geredet. Verschwörerisch. Da müssen sie es ausgeheckt haben. Oder es mussten letzte Details besprochen werden. Sie können den Plan ja schon seit Jahren verfolgt haben.

Plötzlich leuchtet der Schirm in der Glaswand etwas heller. Als würde sich gleich etwas tun. Als ginge ein Vorhang auf. Ich mache einen Schritt darauf zu, nähere mich dem einladenden Licht, spüre ein erwartungsvolles Kribbeln.

Aber es tut sich nichts. Das sprudelnde Funkeln hält an, was etwas mehr Helligkeit in den Raum bringt, aber am Ende sind es nur chaotisch tänzelnde Lichtpunkte auf einer grauen Fläche.

Komm schon, denke ich, *na los!*

»Zeig es mir!«, rufe ich in die Stille. »Zeig's mir, mach es an! Der Bildschirm ist doch nicht umsonst da, oder?«

Schweigen, Flackern. Mit einem wütenden Seufzer greife ich in die Tasche und hole die Pu-der-Bär-Uhr hervor. Innerlich bin ich mit jeder Faser bei meiner armen, verlassenen Tochter. Die Zeiger sagen mir, dass es bereits nach sechs ist. Mir bleibt nicht einmal mehr eine Stunde.

»Ich will es sehen!«

Die Glaswand wirft ein Echo zurück. Auf einmal scheint der Bildschirm zu reagieren, die tanzenden Lichtpunkte bilden Wellen und Riffel, es sieht aus wie eine in Unruhe versetzte Wasseroberfläche. Als würde meine Stimme steuern, was auf dem Glas zu sehen ist.

»Schluss mit dem Blödsinn! Es reicht!«

Die funkelnden Punkte mischen sich und verschmelzen miteinander, und auf der linken Seite des Bildschirms formt sich ein echtes, zusammenhängendes Bild. Zunächst begreife ich nicht, was ich sehe – Umrisse, Grau, ein kastenförmiges Objekt –, aber dann ist es mir schlagartig klar. Die linke Seite des Bildschirms zeigt ein geschickt ausgeleuchtetes Bild des ersten Escape-Rooms. Das muss eine Infrarotaufnahme sein, irgendwie Nachtsicht, genau das, was Myles oder Jake oder wer auch immer sieht, wenn er mich beobachtet, nur lassen sie jetzt mich sehen, was sie gesehen haben. Als ich in dem Raum war.

Da ist das Bett, das nicht mehr an der ursprünglichen Stelle steht. In grauer Nachtsicht-Optik sehe ich auch die nackten Wände und den Boden aus Vinyl. Und das klaffende schwarze Viereck, das Loch, in das ich gestürzt bin, hierher, in diesen Raum. Wo ich nach dem Sturz erst mal bewusstlos war.

Ich trete noch etwas näher heran und fixiere den Bildschirm. Suche nach Hinweisen. Das muss doch ein Hinweis sein. Warum zeigen sie mir gerade dieses Bild? Und offenbar ist die Aufnahme live, es ist ein direkter Blick ins Innere, in Echtzeit, mithilfe der Kamera, die auf diesen ersten Raum ausgerichtet ist. Dass es live ist, erkenne ich daran, dass das Bild kaum merklich wackelt, obwohl sich in dem Raum absolut nichts bewegt.

Und jetzt entstehen auch auf der anderen Hälfte des Bildschirms Konturen. Ich ahne, was mir da gezeigt werden soll, und ich behalte recht.

Es ist ein Bild meiner selbst. Jetzt, in genau dieser Situation. Also, ich sehe auf dem Fernsehschirm eine Liveaufnahme von mir: wie ich dastehe und mich selbst anstarre, mich anstarre, mich anstarre. Immer und immer weiter verschachtelt. Ich bin eine russische Puppe aus elektrischem Licht.

Und ich stehe da und sehe gebannt hin.

15

Ich sehe aus wie halb wahnsinnig. Vielleicht auch wie komplett wahnsinnig. Mein Haar ist wirr und zerzaust, der Schlafanzug zerknittert und angeschmuddelt. Selbst in dem blassen Infrarotlicht ist mein Ausdruck deutlich zu erkennen: ein angstverzerrtes, schweißnasses, aufgeregtes Gesicht. Ich starre auf dieses schimmernde Bild von mir, wie ich auf mein Bild starre, wie ich auf mein Bild starre, und kann mein Herzrasen förmlich hören.

Was soll das?

Warum zeigen sie mir das? Warum zeigen sie mir zwei Räume, die ich nur zu gut kenne? Vielleicht ist das einfach Hohn. Sie geben mir zu verstehen, dass ich endgültig besiegt bin.

Es könnte aber auch sein – wäre immerhin möglich –, dass die Sadisten, die mich hier quälen, mir damit einen Hinweis liefern. Wieder hole ich die kleine Uhr hervor und sehe nach. Noch eine halbe Stunde. Eine halbe Stunde, um meine Tochter zu retten, mich zu retten, Leben zu retten, alles zu retten, was mir teuer ist.

Dieser Herzschlag? Jetzt höre ich ihn wieder. Ein Hämmern. Dazu läuft mir warmer Schweiß in einem Rinnsal den Rücken hinunter, während es in meinen eiskalten Fingern vor Anspannung schmerzhaft prickelt. Mach, mach, mach. Tu etwas. Aber was? Der Raum ist, wie der Bildschirm zeigt, leer. Ich sehe die beiden Stühle jeweils in einer Ecke, einer ist umgekippt. Ich sehe die Glaswände, die sich um mich herum wölben, und das zerwühlte Bett, auf das ich gefallen bin.

Ich sehe den Holzfußboden, die leere Wasserflasche, die Verpackung von den Müsliriegeln. Sonst nichts. Ich habe alles gesehen, und es gibt nichts zu sehen. Es gibt keinen Hinweis.

Allerdings – die Decke fehlt mir. Wie schon die ganze Zeit ist die Decke auch auf dem Bildschirm unsichtbar. Dem Winkel nach zu urteilen, befindet sich die Kamera irgendwo dort oben, in der totalen Finsternis. Wie auch das Loch, durch das ich gefallen bin. Vielleicht kann ich einen der Stühle auf das Bett stellen und durch das Loch in den ersten Raum zurückklettern.

Das überlege ich mir, während die Uhr tickt und tickt, die verbleibenden Minuten wegtickt, die wenigen, die ich noch habe. Möglich ist es. Aber wozu? Ich würde mich nur von einem Raum, den ich kenne, in einen anderen begeben, den ich auch kenne. So funktioniert das in Escape-Rooms nicht. Man geht von einem Raum in den nächsten und wieder in den nächsten, bis man schließlich entkommt.

Oder man schafft es nicht, und der Hammer fällt. Die Sirenen heulen. Und dann ...

Noch achtundzwanzig Minuten.

Was mache ich?

Wie gebannt starre ich auf den Bildschirm. Das Bett. Der Boden. Die Stühle. Die Wände. Das flackernde Grau.

Ich habe keine Wahl. Es gibt nur einen denkbaren Weg nach draußen.

Vielleicht findet sich im Dach ein weiteres Loch.

Ich wende mich nach links und gehe zu dem umgekippten Stuhl. Das flackernde Bildschirmlicht hilft. Wie eine dünne Schicht Mondlicht über dem einfachen Licht der Sterne. Obwohl es immer noch dunkel ist.

Und genau als ich das denke, erlischt der Bildschirm. Das kleine bisschen Licht, meine spärliche Hoffnung, ist mir genommen. Es ist vollkommen dunkel und vollkommen still, und ich bin so gut wie vollkommen besiegt. Aber das gönne ich ihnen nicht.

Siebenundzwanzig Minuten. Sechsundzwanzig?

Ich taste blindlings nach dem Stuhl. Da, das Metall. Der Stuhl ist leicht, es fällt mir nicht schwer, ihn aufzuheben und auf das Bett zu stellen. Mir ist klar, dass ich dabei erneut fallen und mich verletzen kann, aber ... sechsundzwanzig Minuten? Fünfundzwanzig?

Ich positioniere den Stuhl möglichst stabil. Zum Glück ist die Matratze hart. Die Fläche ist okay. Schließlich hieve ich mich schwitzend hinauf. Der Stuhl wackelt, und im Dunkeln auf etwas Wackligem zu stehen ist nicht lustig. Ich hebe die Hände und recke sie hoch, so weit ich kann.

Ja!

So etwas wie ein Erfolg. Da sind die Seitenwände der Öffnung, das ist das Loch, durch das ich gefallen bin. So hoch ist die Decke gar nicht. Sie ist aus Holz, völlig eben. Wenn ich wollte, könnte ich hinaufklettern und mich durch das Loch winden. Ich bin gut in Form, die vielen Stunden im Fitnessstudio zahlen sich aus. Jake hat meinen schlanken, trainierten Körper immer gemocht. Und Myles genauso – in jener Nacht.

Meine Hände krallen sich an den Rand der Öffnung. Halbherzig, denn eigentlich will ich nicht durch dieses Loch klettern. Das würde Rückzug bedeuten, ich aber muss entkommen! Einen neuen Raum finden, einen neuen Weg hier raus. Ich muss herausfinden, ob es in dieser Decke ein weiteres Loch gibt.

Die Uhr tickt. Ich kann mich nicht überwinden, nachzusehen. Vierundzwanzig Minuten?

Rasch klettere ich hinunter, springe auf den Boden und schiebe das Bett ein, zwei Meter weiter nach links. Dann rücke ich den Stuhl wieder zurecht, klettere hoch und suche, da ich bei dieser Dunkelheit kaum etwas sehe, die Decke tastend nach einem weiteren Loch ab. Hier ist kein zweites Loch. Die Decke ist massiv. Also muss ich das Ganze wiederholen.

Ich springe runter und schiebe das Bett in eine andere Richtung. Stelle den Stuhl zurecht, klettere hinauf, taste die unsichtbare Decke ab. Kein Loch.

Noch einmal. Bett, Stuhl, Decke. Kein Loch.

Und noch einmal. Das Bett verschieben, den Stuhl positionieren, die Decke absuchen. Kein Loch.

Dreiundzwanzig Minuten.

Ich wiederhole es trotzdem. Schiebe das verdammte Bett weiter, rücke den blöden Stuhl zurecht, taste die verdammte Decke ab. Kein Loch.

Es gibt kein zweites Loch. Das ist nicht der Weg nach draußen. Mir bleiben noch zweiundzwanzig Minuten. Ich komme hier niemals raus. Meine Tochter wird ...

Nein.

Aber sie wird ... einundzwanzig Minuten.

Mit einem wütenden Schrei schiebe ich das Bett noch einmal weiter. Meine Hände flattern vor Angst und Zorn. Ich kämpfe gegen das Flattern an, während ich den Stuhl ein weiteres Mal auf dem Bett positioniere und hinaufklettere. Der Stuhl schwankt. Ich ignoriere es. Er schwankt wirklich. Ich muss das machen. In Dunkelheit und Stille die Decke abtasten, da und da und da. Es gibt kein Loch. Jetzt zittern auch meine Beine, ich bin völlig erschöpft. Benebelt vor Verzweiflung.

Und jetzt kippt der Stuhl, und ich falle erst auf das Bett und dann mit einem schmerzhaften Krachen auf den Boden.

Es ist ein heftiger Schmerz. Ich beachte ihn nicht.

Stattdessen wüte ich, verfluche den Raum, die Leute, die mich peinigen, den ganzen Horror hier. Und dann schlagen meine Fäuste wie von selbst auf den umgekippten Stuhl ein, bis er ein paarmal auf und ab springt. Ein dumpfes Hämmern.

Natürlich.

Der Stuhl.

Er war die ganze Zeit da. Ich sollte keine Tür finden, ich sollte eine schaffen! Man nutzt die einzigen Dinge, die sich in dem Raum finden, und tut damit, was möglich ist.

Ich stehe auf und packe den Stuhl. Er ist leicht, zu leicht womöglich. Stolpernd laufe ich im Dunkeln hinüber zu dem anderen Stuhl, den ich stabiler in Erinnerung habe.

Ja, das ist er.

Massiger. Das Metall ist dicker. Ich schaffe es, ihn hochzuheben, aber es fällt mir schwer.

Zwanzig Minuten.

Neunzehn?

Jetzt muss ich ihn schwingen. Das ist meine einzige und letzte Chance. Wenn das nichts wird, bin ich am Ende.

Ich suche mir die beste Position; um mich herum muss Platz sein, damit ich ausholen kann wie ein Athlet. Damit der Schlag Wucht hat. Ich nehme alle Kraft zusammen, hebe den Stuhl hoch, hole weit aus, schwinge ihn wie ein Hammerwerfer in einem Stadion. Was passiert, wenn es funktioniert? Ich weiß es nicht. Es wird unheimlich sein, vielleicht auch gefährlich. Aber, viel schlimmer, was passiert, wenn es nichts wird?

Ich zögere. Lasse den Stuhl sinken. Was, wenn es mir misslingt? Vielleicht gibt es noch einen besseren Winkel?

Achtzehn Minuten, dreißig Sekunden.

Noch einmal hole ich mit aller Kraft aus. Im Schwingen merke ich, dass meine Hände feucht sind von Schweiß. Aber jetzt ist es so weit, jetzt muss es sein, nach dem vierten oder fünften Schwung lasse ich den Stuhl los, sodass er direkt auf die Glaswand neben dem Bett zuschießt.

Er prallt ab. Mit einem lauten, metallischen Knall.

Es hat nicht funktioniert!

Ich hole tief Luft. Langsam, es tut weh.

Siebzehn Minuten.

Einen Versuch muss ich noch haben, irgendetwas habe ich trotz der Dunkelheit gespürt. Ein Beben, einen Hinweis auf Schwäche. Unverwundbar ist das Glas nicht.

Ich nehme den Stuhl wieder auf; seine Beine sind immer noch feucht von meinem Schweiß. Dann trete ich zurück und hole Schwung, wobei ich mich jetzt ganz um mich selbst drehe, wie eine Tänzerin bei der Pirouette, wie eine wahnsinnige Ballerina wirbele ich schneller und schneller herum, und dann lasse ich schließlich los.

Die Zeit bleibt stehen. Die Zeit beginnt.

Ohrenbetäubender Lärm. Der Stuhl hat die schreckliche Glaswand durchschlagen, ist geradewegs hindurchgeflogen, und jetzt regnet es Scherben und Splitter, ein glorreiches, barbarisches Rauschen. Ein silbriges Klirren. Ich habe die Wand durchbrochen. Ich habe die Tür erschaffen. Ich sehe den nächsten Raum.

Immer noch im Dunkeln stehend, hebe ich triumphierend die geballte Faust.

»Yes!«

16

Keine Zeit zu verlieren. Die Sekunden vergehen. Am Ende bleibe ich noch zurück.

Nachdem ich das Escape-Room-Rätsel gelöst habe, ergibt sich ein schlichteres Problem. Ich bin barfuß. Der Boden zwischen dem nächsten Raum und mir ist übersät von Scherben und Glassplittern. Ich könnte mir eine Arterie aufschneiden und verbluten.

Schnell: Ich haste zum Bett, taste mich im Dunkeln voran, nutze den spärlichen Schimmer, um den größeren Scherben auszuweichen. Das Licht, das von irgendwo im Nachbarraum kommt, ist ein wenig heller geworden. Ich greife nach der Matratze. Sie wird helfen.

Es funktioniert. Die Matratze lässt sich vom Bett lösen. Ich bugsiere sie vorsichtig nach unten, lege sie über die Stellen voller Scherben. Wic cine Brücke. Das geht, ich schaffe es, bis hinüber in den nächsten Raum. Dort verlasse ich die Matratze und betrete den nackten Boden.

Er ist kalt. Fliesen. Mir geht auf, dass dieser Raum viel größer ist, als ich dachte, er zieht sich lang hin, und ganz hinten, am anderen Ende, spenden weiße und rote Leuchten etwas Licht. Es ist immer noch schummrig, aber ich kann sehen. Und was ich sehe, ist eine ganze Reihe von Betten.

Hier sieht es aus wie in einem Krankenhauszimmer.

Meine Gedanken fahren Karussell, sie taumeln und schwanken. Alles biegt und wellt sich, als könnte es jeden Moment kollabieren. War ich am Ende doch nicht in einer Serie von Escape-Rooms? Bin ich in so etwas wie einem Krankenhaus, einem Keller, vielleicht einer Psychiatrie? Das würde bedeuten, dass vielleicht nichts davon irgendwie mit Myles Westwater zu tun hat. Es bedeutet, dass das Ganze viel mehr nach meinem Mann aussieht, umso mehr, als ich dieses Krankenhauszimmer wiedererkenne.

Hier war ich schon mal. Ich war genau in diesem Zimmer. Es befindet sich in dem Krankenhaus, in dem mein Mann arbeitet. Einmal war ich hier. Ich erinnere mich nur dunkel, aber ich weiß, dass ich vor einigen Jahren, als wir gerade erst hergezogen waren, einmal mit war. Mein Mann hatte gerade hier angefangen, als Neurologe, und wollte, dass ich seinen Arbeitsplatz sehe und seine Kollegen kennenlerne. Er war sehr stolz auf diese Stelle.

Ich bin kurzatmig, es ist ein hastiges, scharfes Luftholen. Auch mein Herz rast. Ich schaue auf die kleine Uhr und schreie um ein Haar auf vor Schreck: Nur noch neun Minuten. Mir bleiben neun Minuten, um dieses Rätsel zu lösen, sonst passiert etwas Furchtbares.

Andererseits habe ich das Gefühl, der Lösung nahe zu sein. Es ist, als würde mein Mann neben mir stehen und mich antreiben oder mich verspotten.

Was war, als wir in diese Krankenhausabteilung gekommen sind? Ich glaube tatsächlich, dass es die Psychiatrie war, die Erinnerung ist unscharf. Ich muss versuchen, sie klarer zu kriegen. In meinem Schädel aufzuräumen, damit ich besser sehe.

Ich gehe durch den Raum und schaue mir die leeren Betten an. Warum ist es hier so leer?

»Mach schnell, Mami, los! Mami, Mami!«

Das ist Nancy. Sie ist hier. Sie ist in diesem Krankenzimmer. Aber versteckt. Wie kann sie hier sein und auch wieder nicht?

Sieben Minuten.

Sechs Minuten, fünfundvierzig Sekunden.

Was hat Jake mir hier gesagt? Ich durchquere den Gang und sehe mir ein Bett genauer an. Es ist frisch gemacht. Bei unserem letzten Besuch war es nicht leer. Es lag ein Patient darin. Jake hat mir irgendwas gezeigt, etwas Technisches.

Fünf Minuten, dreißig Sekunden.

Fünf Minuten, fünfundzwanzig Sekunden.

Es waren besondere Patienten. Neurologische Fälle. Jake hat ihnen geholfen. Er hatte ein kleines Gefäß in der Hand. Und während er tat, was auch immer er zu tun hatte, hat er sich zu mir umgedreht und mit mir gesprochen.

Es reicht nicht. Ich kann die Erinnerung nicht wieder hervorholen.

»Mami!«

Meine Tochter klingt sehr ängstlich und aufgeregt. Die Stimme war eben so nahe. Fast, als hätte ich sie auf der Haut gespürt. Irgendwer erzählt ihr, dass ich sterbe. Oder dass sie stirbt. Wir sterben alle. Warum sterben wir alle? Warum besteht für uns alle dieses Risiko?

Vier Minuten. Und vierzig Sekunden.

Ich fahre von dem Bett zurück und renne durch den Krankensaal, direkt auf die schwach glimmenden Lichter zu. Sie befinden sich hinter einer weiteren dicken Glaswand. Ich hämmere dagegen. Nichts. Was hat dieses Wesen in Gestalt eines Tiers hier gemacht? Mitzi.

Jetzt durchfährt mich eine Erinnerung. An dem Tag, als ich mit Jake hier war, sprang auf der Station ein Hund herum. Wer nimmt einen Hund mit in ein Krankenhauszimmer?

Drei Minuten, dreißig Sekunden.

Drei Minuten, neunzehn Sekunden.

Ich setze mich aufs nächstbeste Bett, ersticke mit beiden Händen einen Schrei und bin grenzenlos wütend auf mich selbst. Ich stehe so kurz vor der Lösung! Was ich sehe, sind lauter Zufälligkeiten. Ohne jede Bedeutung. Der Hund auf der Station. Meine Mutter, die mich komisch ansieht. Im Garten. Der letzte Besuch von Myles.

Zwei Minuten, vierundvierzig Sekunden.

Zwei Minuten, zweiunddreißig Sekunden.

Ich gebe mir selbst eine Ohrfeige. Find es heraus! Krieg es raus, na los, mach schon.

Was mir fehlt, ist irgendein Mittel, um mein Gehirn anzustoßen. Drogen. Luft. Etwas Aufputschendes. Ein Duft. Im ersten Escape-Room hatte ich doch diesen Fliedergeruch in der Nase. Und später ist in meiner Erinnerung Flieder aufgetaucht. Warum hat es in dem ersten Raum nach Flieder gerochen, bevor ich auch nur daran gedacht hatte?

Sie wussten, dass ich Flieder liebe. Sie wussten, dass der Geruch Erinnerungen auslösen würde.

Und warum war dieser Hund hier im Krankenhaus, und warum habe ich den Hund gesehen oder gespürt?

Und warum haben sie Mozart laufen lassen, mein liebstes Musikstück?

Eine Minute, zehn Sekunden.

Eine Minute, zwei Sekunden.

Die Zeit beschleunigt sich, und die Zeit verlangsamt sich. Jetzt weiß ich wieder, warum ich auf dieser Station war. Jake hat mir Techniken gezeigt, die helfen, Menschen aus dem Koma zu holen. Man schwenkt ein kleines Gefäß, das einen Lieblingsduft verströmt. Man bringt ein geliebtes Haustier herein und legt es in die leblosen Arme. Man bittet Angehörige, da zu sein und mit dem Komapatienten zu sprechen, man spielt dem Patienten seine Lieblingsmusik vor, man liest ihm aus einem Buch vor, das er liebt, zeigt ihm Fotos von zu Hause, denn, so meinte Jake: *Wir wissen nie, wie tief ein Koma ist, was der Patient hört oder riecht oder sieht, da gibt es große Unterschiede, daher müssen wir alles versuchen.*

Fünfzehn Sekunden.

Ich wache auf, wache auf,

wache auf.

Schlage die Augen auf. Sehe.

Hier bin ich.

Ich bin, wo ich zu sein meinte.

Ich befinde mich tatsächlich in einem Krankenhauszimmer.

Ich bin da, wo ich zu sein meine. Mein superschlaues unterbewusstes Hirn hat etwas erschaffen, das der Realität sehr nahekam, hat mich immer näher an die Realität herangebracht.

Warum haben sie alle Raumanzüge an? Träume ich immer noch? Die Schwestern oder Ärzte tragen weiße Papieranzüge, Schutzbrillen und Masken oder aber Visiere, dazu Handschuhe und kleine Lampen zum Überprüfen der Augenreflexe. Alle anderen im Raum – alle anderen Patienten – liegen auf dem Bauch. Mir fällt ein, wie ich in dem zweiten Raum aufgewacht bin und auf dem Bauch lag. War ich das, die so bäuchlings dalag? Muss wohl so sein.

Hilfe, Hilfe! Ich bin wach. Ich muss es diesen Raum-Leuten sagen. Wo sind meine Angehörigen? Langsam, unter Schmerzen, hebe ich eine Hand. Jemand – eine Schwester, nehme ich an – in einem weißen Ganzkörperanzug richtet die große Brille auf mich und kommt herübergelaufen. Selbst durch die Schutzbrille kann ich ihren Ausdruck erkennen: Freude, Überraschung. Ich strecke meine schlaffen Hände in ihre Richtung, öffne den Mund.

»Wo ist meine Familie? Wo ist meine Tochter?!«

Die Schwester hebt die Hand, wie um zu sagen: *Warten Sie*, aber ich brauche nicht zu warten. Da. An der Tür. Dort sind meine Tochter und meine Mutter, und sie winken mir freudig zu. Und jetzt weine ich. Und Nancy weint auch. Und dann denke ich: Wo ist Jake?

Wieder kommt mir ein Bild vor Augen. Jake, krank, vergangene Woche, bevor die Erinnerung verblasst. Bevor wir die Krankheit alle hatten.

Nancy und meine Mutter kriegen Masken und Visiere und Handschuhe, und dann stürmen sie zu mir herein. Sie umarmen mich, und Nancy schluchzt, und meine Mutter tupft sich die Augen, und Nancy sagt: »Wir dachten, du stirbst, Mami! Granny hat gehört, wie sie gesagt haben, dass du es nicht schaffst. Das haben wir gehört! Ich hab immer wieder zu dir gesagt, dass du aufwachen sollst. Wir haben alles versucht, um dich wach zu kriegen!«

Ich nehme meine Tochter fest in beide Arme.

»O Gott, Süße, ich hab's überlebt. Niemals hätte ich dich zurücklassen können, ich hab dich so lieb.«

Während wir einander umarmen, forme ich über Nancys Schulter hinweg in Richtung meiner Mutter mit den Lippen die Frage: *Jake?*

Ein kurzes trauriges Kopfschütteln, und meine Befürchtung ist bestätigt. Ich habe überlebt. Jake? Diese Krankheit scheint unberechenbar. Und sie hat alles verändert. Woran sie aber nichts ändert, ist, wie sehr ich meine Familie liebe. Sie ändert nichts an meiner Vorliebe für Flieder und Mozart und Mitzi den Hund. Auch unser Innerstes verändert sie nicht, und wir verfügen über größere geistige Ressourcen, als uns klar ist. Mein armer Mann. Und ich habe ihn verdächtigt.

Als Nancy mich aus der Umarmung entlässt, spüre ich in der Schlafanzugtasche etwas Schweres. Ich taste danach. Und hole die Pu-der-Bär-Uhr hervor.

Wir schauen sie alle an, und Nancy sagt: »Das war meine Idee, Mami. Dass wir sie dir in die Hand drücken.

Und dann haben wir sie in deine Tasche gesteckt. Als du bewusstlos warst. Ich dachte, dass dir das vielleicht hilft.«

»Oh, meine Süße.« Ich streichle ihr blasses hübsches Gesicht, so gut es trotz Maske und Visier eben geht. »Das hat geholfen. Du ahnst gar nicht, wie sehr.«

Meine Tochter lächelt zaghaft. Die Armbanduhr tickt. Tick, tick, tack, tack.

Null Sekunden.

GESPANNT AUF MEHR?
ENTDECKEN SIE EIN WEITERES
FESSELNDES HIGHLIGHT VON S.K. TREMAYNE

S.K. TREMAYNE

DIE STIMME

THRILLER

Was wäre, wenn deine smarten Geräte mehr wissen, als dir lieb ist?

»Ich weiß, was du getan hast.« Jo ist schockiert, als die digitale Home Assistentin Electra sie ohne Aufforderung anspricht. Unmöglich kann eine harmlose Software vom Furchtbarsten wissen, das Jo jemals passiert ist! Doch Electra weiß nicht nur Dinge – sie tut auch Dinge, zu denen sie nicht in der Lage sein sollte: Freunde und Eltern erhalten Textnachrichten mit wüsten Beschimpfungen, Jos Bankkonto wird leergeräumt, die Kreditkarte überzogen ... Zum ersten Mal seit Jahren muss Jo wieder an ihren Vater denken, der unter heftigen schizophrenen Schüben litt und sich schließlich das Leben nahm. Kann es sein, dass sie sich die Stimme nur eingebildet hat? Doch Electra ist noch lange nicht fertig mit Jo ...

KNAUR